역겨운 괴물이 죽는법

역겨운 괴물이
죽는 법

초판 1쇄 발행 2025. 11. 27.

지은이   담류(김태연)
펴낸이   김병호
펴낸곳   주식회사 바른북스

편집진행   황금주
디자인   심연보
마케팅   송송이 박수진 박하연

등록   2019년 4월 3일 제2019-000040호
주소   서울시 성동구 연무장5길 9-16, 606호 (성수동2가, 블루스톤타워)
대표전화   070-7857-9719 | **경영지원**   02-3409-9719 | **팩스**   070-7610-9820

•바른북스는 여러분의 다양한 아이디어와 원고 투고를 설레는 마음으로 기다리고 있습니다.
이메일   barunbooks21@naver.com | **원고투고**   barunbooks21@naver.com
홈페이지   www.barunbooks.com | **공식 블로그**   blog.naver.com/barunbooks7
공식 포스트   post.naver.com/barunbooks7 | **페이스북**   facebook.com/barunbooks7

ⓒ 담류(김태연), 2025
ISBN 979-11-7263-681-4 03810

•파본이나 잘못된 책은 구입하신 곳에서 교환해드립니다.
•이 책은 저작권법에 따라 보호를 받는 저작물이므로 무단전재 및 복제를 금지하며,
 이 책 내용의 전부 및 일부를 이용하려면 반드시 저작권자와 도서출판 바른북스의 서면동의를 받아야 합니다.

역겨운 괴물이 죽는 법

담류 (김태연)

바른북스

| 프롤로그 |

모르겠다….

어디서부터 잘못된 건지 말이다. 난 말 그대로 외톨이가 되었다. 아무것도 남지 않은 내 처지가 참 비참했다. 쌀 한 톨조차 귀하게 느껴질 지경이었다. 혼자 차지하기엔 세상이 너무 크다. 처음부터가 잘못인 건가? 어처구니없다. 왜 하필 나여야 했을까. 이 세상 많은 사람 중에서 왜 하필 나일까? 이 수많은 의문 속에서 끝에 도달하면 나는 너희와 같이 웃을 수 있을까? 그렇게 당해놓고도 미련하게 너희와 같이 있는 미래를 꿈꾸는 내가 한심하게 느껴졌다. 수많은 의문투성이 중에 내가 아는 정답은 하나도 없었다. 지옥에, 불에 들어가도 이보다 고통스럽지 않을 거다. 울분을 쏟을 대로 쏟아내도 마음속 응어리는 빠져나오지 않았다. 가슴속 깊은 곳에 박힌 못이 제 갈 길을 모르고 헤매고 있다. 뽑히지 않고 계속 가슴속에 고여 있다. 가만히 있으면 큰일이라도 생길 것 같은 불안이 물 밀려오듯이 쏟아진다. 무작정 겉옷을 걸친 뒤, 모자를 푹 눌러쓰고 문을 열어 나왔다. 오늘따라 유독 더 피부를 찌르는 공기를 뚫고 걸었다. 사람들에게 내 모습을 들키기 싫었다. 공원에서 시시콜콜하게 대화를 나누는 노부부, 뛰어노는 어린아이들. 모르는 사람들이 보면 일상을 보내는 그저 그런 사람일 테지만, 내 눈에 비친 건 턱없이 높아서 넘어가는 게 불가능한 벽이다. 딱딱하고 긴 아스팔트를 보며 목적지 없이 걷고 또 걸었다. 다리가 나가떨어질지언정 멈추지 않았다. 유일한 살길을 찾으며 헤맸다. 1시간을 걸었는지 2시간을 걸었는지 모른다. 발아 나 살리라고 하며 나아가니, 펼쳐진 연못에 비친 정원이 있었다. 한여름에도 봄에 있는 듯한 느낌을 주는 산뜻하고 선선한 공간이었다. 잠시 슬픔이 잊히고 다른 세계를 보는 듯한 기분에 몰입하게 되는 장소였다. 거기 벤치에는 내 또래쯤 보이는 남자애가 앉아 있었다. 그 애는 인기척이 느껴지자, 천천히 뒤를 돌아봤다가 놀랐다. 서로의 존재를 확인하자 시간이 멈춘 듯 정적이 흘렀다. 다름 아닌 내가 아는 애였다. 어처구니없다. 펑펑 울어서 부은 얼굴 들키기 싫어서, 내 모습을 감추고 도착한 곳이었다. 현실 도피하기 위해 도망친 여기가 남다현이 있는 정원이라니. 내가 꿈꾸는 건가? 하고 날 의심했다. 뜬금없이 자연 친화적인 정원에 그것도 같은 반 남자애. 정말 예상 밖 상황이었다. 지금 왜 여기 있는 건지 알 턱이 없었다. 망가질 대로 망가졌는데 붙잡고 있어봤자 비참해지는 건 나였다.

어차피 쟤라면 상관없나. 남다현이라면 이번 사건을 모를 거였다. 생각에 빠져 있는 와중에 남다현이 먼저 말을 꺼냈다.
"안녕?"
"…안녕."
나는 얼떨결에 대답을 해버렸다. 어느 정도 포기해도 부끄러운 건 부끄러운 거다. 퉁퉁 부은 몰골이 누가 봐도 방금 한바탕 치르고 온 사람인데 어린아이도 아니고 나이는 어느 정도 먹고서는 이런 모습을 보이는 게 너무 창피했다. 우스운 꼴을 보여주기 싫어서 시선을 피했다. 어깨너머에 있는 머리칼이 스르륵 넘어와 얼굴을 가려주었다. 어색한 적막을 깨기 위해 빠르게 아무 말이라도 떠들었다.
"너랑 여기서 만나게 될 줄 몰랐네."
우물쭈물하는 내 모습에 남다현이 웃음 섞인 말을 했다.
"나도."
벤치에 한쪽 팔을 걸친 남다현은 여유 있는 자태를 뽐냈다. 어색하지도 않나. 우리는 친한 사이가 아니었다. 서로에 대한 정보가 없는 건 당연했다. 그렇다고 다른 곳을 가기엔 아픈 발로 갈 데가 없었다. 나는 근처 옆 벤치에 다가가 앉았다. 푸른빛에 잔디가 신발 밑창에 짓이겨 발걸음 소리를 꾸며주었다. 나도 모르게 걔한테 흥미가 생겼는지도 모르겠다. 남다현은 눈치챈 듯 먼저 능글맞게 말을 걸어주었다.

"참 덥다, 그치?"

말을 꺼내곤 연못을 바라보았다.

방금 울고 온지라 잠긴 목소리로 대답했다.

"그렇게…. 오늘따라 더 덥네."

다현이는 능숙하게 대화를 주도했다.

"너는 어쩌다가 여기에 왔어? 여기 사람들 다 모르는 비밀 장소인데."

"그냥, 걷다 보니까 여기더라."

다현은 나한테 왜 울었냐며 한마디도 물어보지 않았다. 보통 사람들은 그게 궁금해서 어떻게 해서든 말 주제를 나의 방금 운 통통 부은 얼굴로 돌렸을지 모른다. 신기한 일이다. 다현은 다른 사람들과는 달랐다. 신비로운 분위기와 잘생긴 얼굴을 한 다현은 반에서 인기가 많았다. 하긴 개 주변에는 사람들이 항상 많았다. 평소에는 그렇게 친하지도 않았는데 여기서 만나니까 대화도 술술 했다. 신기한 일이다. 사람들한테 모든 마음에 문을 닫았다고 생각했다. 오래간만에 들려온 부드러운 목소리가 나를 변화시켰을지도 모른다. 그렇게 우린 서로 왜 이곳에 모였는지. 운명의 장난인지 모른 채 우리의 이야기는 시작됐다. 그리고 그게 우리의 첫 만남이었다.

목차

프롤로그

새 학기	✳	010
뒤틀린 시작	✳	022
폭풍전야	✳	032
내 잘못	✳	038
여름방학	✳	063
외톨이	✳	067
인연	✳	072
개학	✳	078
괴물에 길들여진 아이	✳	083
갈등	✳	089
폭로	✳	101
기류	✳	113
도달	✳	124
유난히도 길었던 여름	✳	136
노을이 비치는 윤슬	✳	149

새 학기

✦

아침에 피곤한 마음으로 눈을 떴다. 새 학기가 뭐라고 긴장돼서 어젯밤에 늦게 잠든 탓이었다. 몸은 피곤하다고 하지만 정신만큼은 평소랑 다르게 바짝 든 기분이었다. 사실 잠이 안 오는 건 아니다. 그래도 새 학기라 그런지 힘이 난다. 생각보다 늦게 일어나서 얼른 준비해야 했다. 그 와중에도 창밖을 밝게 비춰주는 태양 빛과 새가 지저귀는 소리는 새 학기 아침을 알렸고, 내가 늦게 일어났다는 현실감을 더해줬다. 새 학기라서 조금이라도 늦게 일어나면 시간이 턱없이 부족하다. 유독 정신없는 아침은 익숙하다. 평소보다 다른 마음가짐으로 집을 나섰다. 내가 죽어도 오지 않을 것 같던 중학교이다. 벌써 내가 중학생이라니.

학교길을 외우지 못해서 지도에 의지하며 가야 했다. 방학 동안 밤과 낮이 바뀌어서 이른 아침이 낯설었다. 조용한 평일 아침에 쓰레기를 수거하러 온 트럭의 소음이 아파트 주차장을 채웠다. 건너온 골목길에는 바로 옆 초등학교에 같이 등교하는 부모님과 저학년 아이들이 옹기종기 모여 있다. 나도 얼마 지나지 않아 중학교에 도착했다. 아슬아슬하게 와서 얼른 뛰어 정문을 넘어갔다. 미리 공지받았던 반을 확인하고 실내화를 갈아신었다.

"애들아, 늦었다. 빨리빨리 다니자."

엄격한 분위기 속 선생님이 안내하신 반이 있는 곳으로 향했다. 중학교는 생각과 달랐다. 새 학기라 더욱 엄격해지신 선생님들, 낯선 환경과 사람들. 게다가 중학교는 좋은 시설을 가지지 못하고 오래전에 지어져서 낡고 허름해졌다. 오기 전, 항상 중학교에는 질 안 좋은 애들이 많다고 소문이 퍼져 있을 정도로 이 중학교에 학생들은 그리 좋은 성격을 가진 아이들이 아니다. 이런 안 좋은 이유에도 이 학교를 고른 이유는 집에서 가장 가깝기 때문이다. 반을 들어가 보니 칠판에는 먼저 앉아 있으라는 문구와 함께 번호 순서로 된 자리표가 있었다. 자리표를 살피고 얼른 자리에 앉아서 겉옷을 의자가 걸었다. 주변 애들의 눈치를 살피며 짐들을 정리했다. 자리에서 반을 전체적으로 둘러봤다. 새 학기인 만큼 친구 사귀기의 첫 단추가 중요하다. 자세히 살

펴보니 초등학교 때 알던 친구들이 보였다. 그 친구 중 한 명에게 다가가 인사를 했다.

"채성아, 안녕!"

채성이의 두 눈이 놀랐다는 듯 커졌다.

"오, 온유 안녕."

옛날에 무리로 다녔던 친구들이라 서로 서먹서먹한 상태였다. 얼른 다 친해져야지 하는 마음으로 친구무리를 모았다. 정말 초등학교 때 놀던 3학년 무리 그대로였다. 중학교 반이 공지된 이후 나는 아는 친구들에게 너는 어느 반이냐고 물어보며 연락을 돌렸다. 연락을 돌리면서 무리 친구들하고 모두 같은 반이란 사실에 정말 안도했다. 수다가 한창이던 때에 처음 본 애가 말을 걸었다. 수줍은 표정으로 내 옆에 있는 친구 채성이에 말을 걸어 이름을 물어봤다.

"안녕! 너는 이름이 뭐야? 난 현수야."

채성이는 놀란 표정으로 대답했다.

"나는 이채성이야."

"채성아 반가워. 사실 나 오늘 전학 와서 긴장됐었거든…. 우리 친하게 지내자!"

빛나는 아이였다. 멀리서 전학 왔다고 하더니 놀라울 정도로 친화력이 좋았다. 좋은 인상을 주는 전학생한테 다른 아이도 현수한테 하나둘씩 질문했다.

"멀리서 왔구나. 우리 학교 질 안 좋은데 왜 우리 학교로 왔어."

현수는 우리 학교 소문을 조금 아는 눈치였다.

"급하게 전학 오느라 정신이 없었거든."

질문에 천천히 대답하며 사근사근한 목소리로 친구들과 어울렸다. 지켜보던 채성이가 순수한 궁금증이라는 표정이었지만 사냥감을 발견한 말투로 되려 물었다.

"헐…. 무슨 급한 일인데?"

현수는 눈동자를 굴리더니 비밀스럽지만, 남들은 들을 수 있을 정도의 크기로 말했다.

"사실…. 말하긴 좀 그런데…. 학폭도 있고…. 부모님 일 때문도 있어."

순간 반 아이들의 말소리가 작아지고 안 듣는 척하지만 수군거리며 우리 대화를 엿들었다.

"헐…. 학폭 한 애들 미친 거 아니야?? 존나 소름…. 괜찮아?? 어쩌다가 그랬어?"

걱정하는 듯하지만 궁금한 점이 도드라지는 질문을 채성이가 건넸다.

현수는 온화한 미소를 지곤 어깨를 으쓱 들어 올리고 말했다.

"별거 아니야. 걱정하지 마. 헛소문 때문에 고생하긴 했는데 이미 지난 일이고 너희들도 만났으니깐."

만난 지 하루 밖도 되지 않는 우리가 과거 일 때문에 힘들던 것이 위안이 되었다고 말했다. 그나마 알던 사이이기 때문에 그리 친해지기 오래 걸리지 않았고, 멀리서 전학해 온 현수도 한몫했다. 소심한 성격인 소꿉친구인 아림이도 우리 무리에 내가 끼워 넣어서 같이 동참하게 되면서 서로서로 친해졌다.

"아림아 너 뭐 하냐, 같이 대화하자."

쉬는 시간에 모여 대화하면 현수, 채성, 아림과 나 이렇게 무리가 만들어졌다. 현수가 쉬는 시간 중간중간에 다른 여자애들이랑도 대화하며 전학과 관련하여 수다를 이었다. 오늘 새 학기의 중심은 현수였다. 모두가 친화력 좋고 외모가 예쁜 현수에게 질투가 나서 이상한 소문을 만든 나쁜 놈들이라며 현수를 치켜세워 주었다. 오늘이 첫날이기에 선생님들은 각자 교실에 들어오시면서 자기소개를 이어갔다. 물론 쉬는 시간에 쉽게 어울리지 못하는 애들이 있었다. 그 애들에게 이름을 물어보며 조금 챙겨주긴 했지만 새 학기인데 나도 조금 바쁜 터라 약간 챙겨주는 걸로 끝내야 했다. 봄이 시작되는 3월 속 교실은 겨울 속 입김 나오는 온도, 무서울 지경으로 얼음처럼 딱딱하게 굳은 분위기는 무채색이었다. 손이 시려 두 손을 꼭 잡고 비볐다. 선생님의 충고와 중학교를 들어왔으니 정신 똑바로 차리라는 말씀에 바짝 긴장되었다. 하지만 어제 늦게 잔 나의 피곤을 덜어줄 정도의 긴장은 아니었는지 하품이 나와 눈물이 고이고 눈이 무거웠다. 여기서 자면 끝장이니까 꾸역꾸역 졸음을 참았다. 솔직한 마음으로는 그냥 집에 가서 누워서 휴대폰 보고 자고 싶다. 쉬는 시간이 되면 혼자 앉아 있는 것이 부끄러워 얼른 친구들 무리 속에 달려가야 했다. 나는 항상 새 학기나 첫 만남이 되면 먼저 다가가야 한다. 용기를 내는 건 힘들지만 내지 않고 뻣뻣하게 있어봤자 나는 소외되었고 아무도 말을 걸어주지 않았다. 항상 말을 걸고 억지스러운 밝은 성격을 끌어올리며 다가간다. 사람들에겐 내가 그리 매력적인 사람이 아닌가 보다. 어떤 애들은 다들 먼저 다가가 주고 친구가 되려고 안달인데도 유독 나한테는 그런 사람이 없다. 그러니깐 친구들이 하는 이야기엔 웃기지 않아도 웃어야 한다. 그렇게 하지 않으면 그냥 사회성 낮은 사람으로밖에 안 볼 테니까. 나는 웃기지 않은데 다들 웃는다. 웃음 포인트가 다른 건지 아니면 내가 잘 안 웃는 건지.

학교가 끝났다. 친구들과 번호 교환을 하고 잠이 깰세라 얼른 집으로 향했다. 도착한 후에는 빨리 친해지고 싶은 마음에 단체 메시지방을 만들었다. 애들이 귀찮아하면 어떡하지. 한참을 고민해서 한마디를 보냈다.

[안녕 애들아! 우리 메시지방 만들었어. ㅎㅎ]

몇 분이 지나 메시지 속 숫자가 줄어들었다. 읽었구나.

메시지를 확인하곤 몇 명 친구들이 읽어 답장을 보냈다.

[오! 뭐야 ㅋㅋ 온유가 만들었구나.]

[이제 우리 여기서도 얘기하면 되겠다.]

다행히 반응이 괜찮았다. 안도의 한숨을 내뱉고, 대화를 이어가려고 새 학기를 주제로 말을 꺼냈다.

[ㅇㅇ 다들 오늘 새 학기인데 고생 많았지. ㅠㅠ]

[그러니깐 선생님들 엄청 무섭더라. ㄷㄷ]

[인정, 오늘 나가서 자기소개하는 거 진짜 싫었어.]

[아, 그니깐 그런 건 왜 시키는 거야. 우리끼리 잘 친해지는데 극혐.]

맞다. 기억이 되살아났다. 오늘 자기소개 발표를 시키는 바람에 헐레벌떡 아무 말이나 떠올리면서 긴장한 상태로 발표했었다. 얼마나 진땀을 뺐는지 아직도 그 장면이 생생하다. 오늘 정말 정신없었는데 살짝 까먹고 있었다. 그리곤 잊고 있었던 생각이 떠올랐다. 친구들은 내 덕에 무리를 만들었지만 나도 모르게 내가 이물질 같은 기분이 들었다. 껴선 안 될 곳에 있는 기분. 다들 빠르게 친해졌는데 나만 혼자 어색한 기분이 든다. 먼저 다가간 건 나였지만 마음의 벽의 두께는 달랐다. 화술이 좋고 매력 있는 아이는 말을 거는 노력을 하지 않아도 금세 주위에 말을 걸어주는 친구들이 있다. 그런 친구들은 도대체 어떤 매력을 가지고 있길래 그렇게 사람들이 모여드는 걸까. 나는 왜 그런 애가 아닐까. 괜히 마음이 침울해졌다. 잠이나 자야지. 나는 우울한 기분을 떨쳐내려 빠르게 불을 끄고 누웠다. 덕분에 오늘 일찍 잠들었다.

오늘은 역시나 불안해서 조금 일찍 일어났다. 학교를 가려고 하니 힘이 빠지는 기분이었다. 초등학교 때와 다를 게 없는 일상이지만 적응하는 게 힘든 건 똑같다. 어쨌든 어제는 새 학기라서 나왔었던 거지, 나는 학교가 싫다. 방학이 되었을 때면 학교를 가고 싶다고 하는 사람이 도무지 이해가 가지 않았다. 학교가 좋다거나 즐겁다는 생각은 해본 적도 거의 없어 상상하기 힘들 정도이니깐 말 다했다. 그냥 가오 부리는 애들의 일진 노릇이나 위선을 떨어야 한다는 사실이 내키지 않고 기가 빨렸다. 오늘은 이르게 등교해 버려서 교실에 사람이 별로 없었다. 봄이라기엔 차가운 온도 속에서 유일하게 따뜻한 창가 햇빛 아래에 어떤 남자애가 앉아 있었다. 기억하기로 이름 정도는 알고 있었다. 모를 이유가 없다. 잘생긴 얼굴로 여자애들이 난리였으니. 이상하리만치 외로운 분위기를 풍기는 아이였다. 새 학기 등교한 지 얼마 되지도 않았는데 남들 얘기 하기를 좋아하는 애들은 별의별 소문을 만들었다. 학폭부터 시작해서 부자라더라, 누구 뒷담화를 했다더라, 등등. 흔히 듣는 소문들의 형태였다. 주목받는 아이라 눈이 가면서도 말을 걸어볼까 했지만 어쩐지 민망해서 자리에 서둘러 앉았다.

"오늘따라 유난히 춥네."

나도 모르게 혼잣말을 중얼거렸다.

그 후에는 친구들이 한 명씩 들어오기 시작했다. 우리 무리 중 가장 먼저 등교한 건 이채성이었다.

"채성아, 오늘 일찍 왔구나."

"온유가 먼저 왔었구나. 안녕."

간단한 인사를 나누고 나는 후다닥 채성이 자리에 가서 수다를 떨었다.

"오늘따라 춥지 않아?"

"오, 맞아 오늘 완전 춥더라. 얼어 죽는 줄."

채성이 뒤를 이어 하나둘씩 반 아이들이 들어오기 시작했다.

"얘들아, 왔어?"

대화하면서 반을 둘러보았다. 새 학기를 맞아 친구를 나처럼 빠르게 많이 사귄 사람은 없는 거 같았다. 나도 모르게 괜히 어깨가 으쓱했다. 우월감이 몸을 감쌌다. 우월감이 든 것이 좋은

게 아니라는 건 알지만, 괜히 애들에게 더 친한 척을 했다.
"오늘따라 더 공부하기 싫지 않아?"
"응응 진짜 하기 싫어. 그냥 집에 가서 누워 자고 싶음."
"나도 오늘 늦게 새벽에 잤단 말이야."
웃음소리가 커지고 점점 시끄러워질 때쯤 종이치고 선생님이 교실 문을 열고 들어오셨다.
"얘들아, 자리에 앉아라."
아이들이 소리를 듣고 빠르게 자리로 돌아가 앉았다.
"너희들은 이제 중1씩이나 되어놓고 지금 아침 시간에 떠들기나 하고 말이야."
아…. 또 지겹도록 듣는 잔소리다. 잔소리하지 않아도 알아듣는데, 왜 이렇게 잔소리하시는 건지. 떠들면 안 돼, 정신 차리고 공부는 열심히 해, 사이좋게 지내라니 모순적으로 느껴진다. 그런 게 다 가능한 친구들은 소수일 텐데. 오늘은 기분이 썩 좋지 않다. 선생님 잔소리 폭격 때문은 아니다. 학교를 끝나고 애들이 같이 놀자고 했는데 나는 오늘 빨리 집으로 가서 할머니 집으로 가야 한단 말이다. 훨씬 더 친해질 기회였을 텐데. 차 타고 가는 시간 동안 기분이 축 가라앉는다. 차를 뛰쳐나가고 싶었다. 그냥 할머니 집을 안 가면 될 텐데. 평소에 가기 힘든 것도 아니고 귀찮아졌다. 막상 할머니를 보자니 기분은 좋아졌다. 할머니가 내

어오는 밥을 배가 터질 정도로 먹었다. 든든하게 채운 배를 부여잡으며 TV를 보니, 집으로 갈 시간이 되었다. 차 뒷자리에 엔진 소리를 들으니 몸이 노곤해졌다. 고요한 도로 위를 달리는 차에서 눈이 감긴 채 귀가했다.

그 후로 몇 주가 지났다. 우리 무리는 잘 지내고 있다. 박연화라는 아이가 1학기 중간에 우리 무리에 함유했다. 점점 우리 무리에 스며들어서 익숙해지고 곁에 없으면 어색해졌다. 딱히 상관은 없지만 나랑 그리 친하지 않다. 나중에 애들의 얘기로 알게 된 사실이지만 박연화는 원래 있던 무리에서 은따를 당하게 되어서 우리 무리로 온 거란다. 이 말을 듣고 감탄했다. 무리에서 떨어지면 나한테는 다른 무리로 갈 수 있는 능력이나 친화력이 없었다. 나와는 달리 박연화는 지나치게 자연스럽게 무리와 어울렸다. 그리고 이채성은 절친이 되었다. 같이 주말엔 쇼핑도 하고 새벽에 통화도 하면서 점잖은 수다를 몇 시간을 떤다. 이젠 이채성의 연락이 없는 날은 상상하기 힘들 정도다. 그에 반해 서아림은 초등학교 1학년 때부터 친구였고 가장 친했지만, 중학교 올라와서 어렸을 때처럼 둘도 없는 친구인 건 아니다. 그래도 나는 우리 무리가 좋다. 무리가 생각나면 입꼬리가 위로 치솟는다. 초등학교 때는 항상 혼자였다. 나 같이 학생일 때 친구 말고 중요한 게 뭐가 있겠냐 말이다. 이런 일상이 매일 이렇게 평화로우면 더할 나위 없다.

뒤틀린 시작

✦

 쨍쨍한 여름이 반긴다. 등굣길은 땀범벅에 가방의 무게는 더 무겁게만 느껴지는 여름이 왔다. 한순간마다 모두 추억이 될 수 있을 것 같은 계절이 돌아왔다. 그리고 우리는 곧 수학여행을 간다. 설레어 잠에 들지 못하는 날도 있었다. 중학교 들어와서 첫 수학여행이라니. 너무 설렜다. 시계를 보며 시간아 빨리 가라며 속삭이는 비밀들이 늘어가고, 일분일초가 달콤해서 기대를 품고 기다렸고, 시간은 약 올리기라도 하는 듯 느리게 흘러만 갔다. 그렇게 기다리고 고대하던 수학여행 당일이 왔다. 반 아이들은 기대에 부푼 채로 버스에 탔고 설렌 중학생들의 수다 소리가 시끌벅적했다. 기사님은 TV로 예능을 틀어주기도 하며 나름 호기롭게 출발했고 나 또한 친구들과 수다 떨기 바빴다.

"꺅 너무 설렌다. 기대되지 않아?"

"그러니깐 너무 설레."

"너희들 그거 알아? 옆 학교들은 명문대 구경하는데 우린 과학관 간대…."

"헐…. 미친 거 아니야."

"으;; 진짜 싫다."

"그러니까."

대화가 길게 가진 않았다. 누구나 그렇듯 애들은 곯아떨어지고 버스가 고요해졌다. 잠이 더 깊어지기 전, 드디어 도착했다.

"얘들아, 안전띠 풀고 차례대로 나와서 줄 서라."

선생님이 말씀하시곤 바삐 버스 밖을 나가셨다.

"뭐야 이제 도착이야?"

"으아…. 토할 것 같아."

줄 서곤 놀이공원 앞에서 출석을 맞추고 입장 시간을 대기했다. 우리 학교는 워낙 촌구석이라 서울로 가기엔 먼 거리라서 잔뜩 기대하고 있었다. 사실 나는 서울을 와본 게 이번이 처음이라 말할 것도 없이 신났다. 찜통처럼 저절로 한탄이 나오는 날씨다. 이런 날씨라도 한창 청소년기인 우리를 막기엔 부족했다.

"입장하겠습니다."

고대한 게이트가 열렸다. 우리는 놀기에 혈안이 되어 날뛰다시피 놀이공원을 유영했다. 놀이기구를 도장 깨기를 하는 재미가 쏠쏠했다. 어릴 때나 하던 '맨날 수학여행만 했으면 좋겠다'는 감상에 빠지게 됐다. 우리의 두터운 우정을 막는 장애물은 손쉽게 이겨낼 열기였다.

점심시간이 되었다. 우리는 식당에 들러서 피자를 시켜 먹었다.
"아, 진심 피자 개존맛이다. 진심 배 터질 것 같음."
채성이 배를 부여잡으며 말했다.
"인정. 너무 배불러."
현수가 되받아쳤다.
"근데 너무 힘든데 쉬면 안 돼?"
다들 쉬자는 의견에 찬성했다. 다만, 한 사람 빼고. 채성이는 더 움직이고 싶어 했다.
"나 쇼핑하고 싶은데 나랑 같이 쇼핑할 사람 없음?"
"응? 나랑 하자!"
마침 나도 걷고 싶어서 합류했다. 우리는 하고 싶은 게 달랐다. 고심 끝에 각자 쉬는 시간을 가지기로 했다. 몸이 무거우니 가방을 벤치에 몰아넣었다.
화장실 근처에서 멀뚱히 서서 기다리던 참이었다. 뒤에서 볼 일을 마치고 나온 채성이가 나를 불렀다.

"서온유!"

이름을 부르며 신나게 채성이가 달려왔다.

"야, 서온유 우리 기념품 가게 가자. 더 큰 데로 가고 싶었는데 애들이 가기 귀찮아해서 못 감."

채성이는 해맑은 얼굴로 제안했다.

"오, 좋다. 가자."

난 흔쾌히 수락했다. 마찬가지로 더 큰 곳을 가고 싶었다. 오늘 웬일로 통하는 게 많았다. 수학여행으로 공부도 안 하니까 그야말로 완벽한 하루다.

"오! 채성아."

멀리서 채성이를 반기는 굵은 목소리가 들렸다.

"뭐야, 오빠!"

채성이가 부르는 호칭을 들으니 떠올랐다. 채성이 남친이었다. 연애를 시작하고 맨날 오빠만 입에 달고 살았다.

"오빠가 어떻게 여기에 있어!"

"나야 오늘 놀러 왔지. 오늘 수학여행인 줄 모르고 사람이 너무 많아서 고생했잖아."

"아, 뭔데. 고생했겠다."

아주 둘이 연애질하는 소리에 닭살이 돋았다. 옆에 있는 나를 제치고 둘만의 세상에 빠졌다. 자연스레 나는 엑스트라가 됐다. 가만히 서 있으니, 땀샘이 폭발한다. 언제까지고 기다려 주기 힘들었다.

"이채성, 우리 기념품 숍 안 가?"

"아, 오빠 잠깐만. 서온유, 진짜 미안. 기념품 가게 못 갈 것 같아."

"뭐?"

"내가 다음에 쏠게. 진짜, 진짜로 미안해. 오빠를 오랜만에 만나서. 내 맘 알지? 사랑해!"

사랑한다는 말을 남긴 채 홀연히 사라져 버렸다. 이게 맞나…. 서운함이 밀려왔다. 나랑 먼저 약속했으면서 자기 남친이랑 논다고 내팽개치다니. 얄미워 죽겠다. 속에서 부글부글 분노가 치솟았다. 쫓아가서 싸우기도 뭐해서 그냥 터덜터덜 벤치로 가서 쉬어야 했다. 가는 길에도 중간에 화가 복받쳐서 바닥에 나뒹구는 돌을 발로 찼다. 내가 그렇게 쉽나. 약속까지 쉽게 저버릴 정도로 채성이한테 가치 있는 사람이 아니었나. 꼬리를 무는 생각은 결국 굴욕감을 가져왔다. 다들 같이 다니는데 나 혼자 걸어가니 심술이 났다. 투덜대 봤자 채성이한테 화를 못 낸다. 유일한 가장 친한 친구니까 버려지기 싫었다. 그에 반해 채성이는 친구가 많았다. 이럴 때면 자책감에 시달린다. 나는 더 좋은 사람이 되지 못할까? 저 빛나는 사람이 하필 나는 될 수 없을까? 나는 왜 좀 더 예쁜 얼굴을 가졌으면 나았을까? 공부를 더 잘했다면…. 이런 사소한 일 하나에 또 자존감이 바닥을 쳤다. 내 몸을 내려봤다. 와 진짜 못났다. 평범했던 몸은 유독 더 뚱뚱해 보였고, 붙어 있는 내 이목구비를 잡아 뜯어버리고 싶다. 이따금씩 무너지면 이렇게 날 궁지로 몰아넣는 게 싫었다. 이 상태라면 누구에게도 사랑받기란 불가능하다. 사람 많은 곳에서 벗어나고 침대에 얼굴을 파묻는 상상을 했다. 방에는 나 외엔 그 누구도 없다. 깎아내리지 않아도 됐다. 집 가고 싶다. 땅끝까지 떨어지는 날이면 난 회피하고 싶어졌다. 날 깎아내리려고 안달 난 사람처럼 나는 나를 재촉했다. 하. 잊어버리자. 생각을 말아야지. 변변치 않은 일에 속상해하는 게 웃기다…. 발을 쏠며 터벅거렸다. 저기 끄트머리에 우리 짐들을 쌓아놓은 곳에서 흐릿하지만, 현수의 형체가 보였다. 두고 온 게 있나? 멀리서 본 현수에겐 덜떨어진 내 모습이 부끄러워 몸은 속도를 낮춰 다가갔다. 마주치기 싫었던 바람과 무색하게 알아볼 수 있는 정도까지 우리의 사이는 좁혀졌다. 둘만 놀아본 적이 크게 없어서 마주치면 어색할 게 뻔했다. 결국 나는 현수가 자리를 뜰 때까지 근처에 기다리기로 했다. 누가 보면 미련한 짓이라고 하겠지. 이럴 때 마저도 사람들의 시선에 신경을 곤두세운다. 빨리나 사라졌으면 좋겠다. 적당한 벽을 찾아 기대어 바삐 무언갈 하는 현수를 유심히 지켜보았다. 어? 저건 채성이 가방인데. 내가 본 광경을 믿기 어려웠다. 현수가 허겁지겁 채성이의 가방을 들쑤시고 있다. 놀람과 불안 따위는 느껴지지 않는 당당함. 그래도 내심 불안했던 건지, 아니면 형식상으로라도 한 행동인지 모르겠으나, 급히 고갤 두리번거리는 현수를 피해 더 깊이 몸을 숨겼다. 날 본건 아니겠지. 구석에 있는 나와 눈 마주쳤을 리 없다고, 주변을 둘러보다 우연히 내 쪽을 봤을 거라는 자기 위안을 했다. 여기서 아무리 위안을 해봤자 불변하는 사실은 이현수가 이채성의 가방을 뒤지고 있었다. 둘이 가방이 같았나? 아닌데…. 착각한 걸까? 두 눈을 의심했다. 뭐지? 도둑질하는 건가? 에이, 설마 현수가 뭐가 아쉽다고. 듣기로는 부자라던데. 이건 거짓말일 거야. 부정하는 나를 놀리는 듯 이채성 가방에서 가지고 갈 걸 고르는 현수의 행위는 평생 기억에 남을 거다. 미간에 주름이 잡혔다. 그 끔찍한 광경을 보지 말아야 했다. 안정적이라며 생각해 온 무리가 산산조각 나는 장면이 죽기 전 주마등처럼 스쳐 지나가는 모습이 눈에 훤했다. 도둑질하는 장면을 봤는데 앞으로 모르는 척하며 지내는 것도 현기증 난다. 무척이나 뜨거운 땡볕 속에서, 안 그래도 무더운 여름날 온도가 치솟아 세상이 일렁였다. 얼굴은 순식간에 타올랐고 나는 더워서 나는 땀인지 식은땀인지 모를 땀이 온몸에 샘솟기 시작했다. 심장이 미친 듯이 뛰었다. 지금 뭐 하는 짓이지? 어처구니없는 실수를 저지르는 걸 묵묵히 입 다물어야 한다니. 저걸 들켜도 문제이긴 하다. 더 큰 문제는 이걸 목격한 걸 애들이 아는 순간 나도 나란히 이현수와 끝장이라는 거다. 현수가 눈치채지 못하게 몸을 더 은밀한 곳을 찾아 숨겨야 했다. 노심초사하며 불안에 떠는 건 익숙했다. 머리가 뜨거워 나는 땀이 바닥을 두드렸다. 이런 내 감정들은 다 사소해서 참을 수 있다. 그래. 화만 내면 뭐 해. 늘 반복되는 일상일 거다. 도리어 화를 내면 더 악화할 뿐이었다. 내 인생에 맞춤 공식이다. 물론 엄밀히 따지자면 나에게 이로운 공식은 아닌 거다. 알지만 가장 신속하게 부정적 상황에서 탈출할 마치 내 인생 지침서인 방법이었다. 겨우 제정신을 차리고 다시 현수가 있던 곳을 봤다. 짧은 사이에 현수는 사라졌다. 나는 오랜 생각을 끝으로 "착각"일 거란 안일한 생각을 한 채로 무리를 찾아 돌아갔다.

"야!! 서온유 너 어디 있었어!! 우리가 얼마나 너를 찾았는지 알아?"

호통을 치며 이채성이 말했다. 누가 날 버리고 홀라당 가버렸는데. 재수 없지만 어쩔 도리 있나. 지금 나에게 중요한 건 이채성이 아니다. 이채성의 눈치를 살피기 전에 제일 먼저 이현수 쪽을 확인했다. 이현수 쪽을 절대 보지 말아야지 하고 거리를 뒤야 하나 싶어 수십 번을 고민했다. 노력이 무색하게도 본능은 야속했다. 내 몸은 위험을 감지해야겠다는 듯 재빨리 고개가 이현수 쪽으로 향하였다. 기어코 우리는 눈이 마주쳤다. 온몸에 털이 바짝 솟아올랐다. 처지를 모면하기 위해 이채성의 꾸중에 적당히 답변을 내놓았다.

"어…. 응, 미안해…."

이채성은 더 호통을 치려고 하려 쏟아부으려 했다. 그래도 내가 현수 쪽으로 몸을 돌리고 멍때리고 있으니, 이채성의 장난기가 발동했다. 뭔갈 꾸미는 사악한 미소를 지었다.

"야야! 뭐야? 미쳤어? 현수가 그렇게 예쁘냐? 아주 그냥 반하겠어."

나는 흠칫 놀라 말을 어물거렸다.

"야…. 아니거든?"

"내 말 무시하고 계속 현수만 넋을 잃고 쳐다보잖아. 홀린 사람처럼."

그때 이현수가 말을 꺼냈다. 미칠 듯이 태연하게 말했다.

"야, 온유한테 장난 좀 그만 쳐."

이현수는 재치 있게 농담까지 하며 아이들과 대화했다. 난 그렇게 소름이 돋았던 적이 없다. 어디까지 적반하장일지 궁금할 지경이었다. 그 후로 나는 놀이공원이 끝나고 버스 안에서 애써 꿈이길 바라며 잠을 청했다. 마침, 놀이공원에서 고생해서 곤히 잠들었다.

폭풍전야

✦

 놀이공원에서의 일이 끝난 후 호텔에서였다. 호텔의 방은 하필 나와 채성이, 그리고 현수가 배정되었다. 신은 나를 도와주지 않았다. 처음부터 믿지도 않는 신을 원망했다. 다른 방에는 아림이, 연화, 다른 여자아이 뭐 이런 식이다. 다들 가방을 풀며 짐 정리를 했다. 그 잠깐에도 쉴 틈 없이 수다를 떨었다. 한참 신나 분위기가 타올랐다.
 '사부작사부작'
 채성이가 머리를 헝클이며 방 여기저기를 뒤지고 있었다. 나는 혹시나 했지만 애써 모르는 척 곁눈질로 상태를 살폈다. 다른 애들이 대화에 열중일 때 채성이는 불안해하며 자기 머리를 움켜쥐었다. 금방이라도 울음이 터질 표정으로 열심히 방 여기저기를 어지르고 다녔다. 처음에 관심이었던, 방에 놀러 온 아이들도 호기심을 가졌다. 현수가 걱정스럽다는 표정으로 물렀다. 나는 안다. 저 걱정이 평소보다 더 과장되었다. 절대 의심할 확률도 지워버릴 저 진심 어린 얼굴을 누가 뭐라 할까.

"왜 그래? 무슨 일 있어?"

울먹이는 목소리로 채성이가 힘겹게 대답을 이었다.

"아니…. 분명 있었는데…. 분명….”

이채성의 숨은 갈수록 가빠졌다. 다들 이목이 쏠렸다. 현수는 제대로 된 답이 돌아오지 않자 재차 물었다.

"채성아 괜찮아?"

"아니…. 분명 놀이공원 때까지는 지갑이 있었는데 감쪽같이 사라졌어. 우리 할머니 유품이란 말이야….”

아차 했다. 수학여행 전 기억이 떠올랐다. 채성이가 항상 소중하다고 자랑하며 주머니 구석에 꼭꼭 넣고 다니는 고가의 명품 지갑이 말이다. 10분, 15분, 30분, 1시간…. 시간은 흘렀고, 상황은 악화했다. 소란은 커졌다. 학생들이 지갑을 찾아 나섰다. 선생님도 발 벗고 찾아 나서주었다. 채성이는 급기야 통곡까지 했다. 우는 것을 구경하는 사람들과 위로하는 사람들이 뭉치면서 사람들은 많아졌다. 순식간에 소문이 걷잡을 수 없이 퍼졌다. 수학여행 온 학생이라면 모두가 알았다. 이 상태라면 수학여행이 마치고 학교에선 전교생이 지갑 도난 사건을 말하고 다닐 게 뻔하다. 어떤 선배 또는 어떤 후배가 수학여행 때 명품 지갑을 잃어버렸다더라. 소문은 더욱 부풀려지고 금액을 유추하는 애들부터 그런 걸로 우냐는 애들까지 다양하게 입방아에 오르내릴 거였다. 선생님이 아무리 찾아도 행방이 묘연했다.

"놀이공원에 잃어버렸을 거야. 그러게, 잘 챙기고 다니지 그랬어. 울지 말고, 내일 선생님이 놀이공원에 전화해 볼게. 애들아, 다 들어가서 자라."

위로 아닌 위로를 건넸다. 이채성은 부당한 일을 당했다며 억울함을 호소했다. 떼쓰는 이채성은 결국 선생님에게 불려 갔다. 그렇게 수학여행 밤 소동은 강제로 마무리되었다. 선생님 딴에는 늦은 시간에 일이 커지자 큰 혼란을 잠재우려고 조치를 취한 거였다. 이채성은 오늘 저녁도 굶고 남은 수학여행에 집중하지 못했다. 후회 섞인 말들로 혼잣말하기 일쑤였다. 나지막이 읊조린 말들로 알게 된 사실이었다. 도난당한 지갑은 적어도 이채성에겐 수학여행을 망칠 정도의 충격과 커다란 의미가 있다는 것이다. 이게 아니더라도 부모님 카드와 챙겨온 거액이 있었다는 사실이었다.

큰 사건이 터진 수학여행이 끝난 후 다음 주 월요일 학교에서는 이채성은 수척해진 모습으로 학교에 나타났다. 아이들은 이채성이 늦게 등교하자마자 수군거렸고, 이채성은 우리 무리를 반길 기력이 없다는 듯 자리에 앉아 엎드려 있었다. 이채성의 행실을 보니 평소 밝고 장난기 있었던 아이가 저 정도로 의기소침해지니 괜히 미안해지고 신경이 쓰였다. 반 친구들은 자기들끼리 떠들기 일쑤였지만 나는 괜스레 옆에 가 말을 걸었다.

"채성아 괜찮아…?"

"…"

대답이 없다. 그 대신 엎드려 있던 고개를 위로 들어 나를 확인하곤 자세를 고쳐 앉아 고개를 푹하고 조아렸다. 이대로 돌아가기엔 민망했다. '위로하지 말걸'이라는 후회가 몸을 집어삼키려 했다. 난 얼른 속상해서 예민해진 걸 거라고 다독였다. 반응을 살핀 후 형식적 위로 말을 건넸다.

"채성아 많이 힘들지?"

"…"

두 번째다. 서운한 마음이 물밀듯 밀려온다. 이채성은 항상 자기만 생각한다. 친해진 사이라지만 남을 함부로 대하는 버릇이 있다. 매번 자기 기분 나쁘면 제멋대로이고 말이다. 아니 대답 정도는 할 수 있지 않나? 다른 애들은 남 일이라는 태도로 놀고 떠드는데 위로해 주러 온 사람 봐서라도 아무 말이라도 해주지. 눈치를 살피고 있는데 불규칙한 숨소리가 들렸다. 서글픔을 담은 숨결은 물이 고여 형태를 갖춘 채 흘렀다. 항상 웃고 떠들기만 하는 이채성에게서 물에 젖어 애달픈 향기가 퍼졌다. 방금까지만 해도 속으로 찡얼댄 내가 부끄러워졌다. 채성이 책상에 머리를 박고 흐느끼고 있었다. 내 시야에서는 이채성의 검은 정수리가 다였다. 꼭 얼굴을 마주 보는 일이 아니라도 어떤 감정인지 전해졌다. 나는 위로하는 데에 있어서 재능이 없었다. 생각하는 사이 이내 이채성의 눈은 홍수로 이뤄졌다. 훌쩍이는 소리가 교실을 메아리쳤다. 우는 소리가 들리자, 삽시간에 공기가 얼어붙었다. 다들 울고 있는 이채성과 옆에서 뻘쭘하게 서 있는 나를 번갈아서 쳐다보았다. 무리 애들도 오늘내일할 거 없이 시끌벅적 떠들다가 황급히 이채성을 위로하기 위해 이채성 자리를 빙 둘러앉았다. 가장 말을 먼저 꺼낸 건 이현수였다.

"채성아 괜찮아? 지갑 잃어버려서 엄청나게 속상하지? 다른 애들은 신경도 안 써주고 진짜 나빴어. 정말."

자기도 신경 안 써주고 떠들었으면서 뭐라니? 어이가 없었다.

"응….'

채성이가 훌쩍이면서 대답했다. 바로 날아오는 답변에 입이 톡 튀어나왔다. 현수여서 바로 답이 날아온 걸까? 누구에게나 환영

받는 아이니까? 자격지심은 나를 붙들고 틈이 날 때면 귀에 못된 말을 속삭였다. 이내 다른 애들도 이내 말을 하나둘 거들었다.

"채성아 놀이공원에 학교 끝나고 한 번 더 전화해 보자. 분실물에 있을지도 몰라."

"그래 찾을지도 몰라."

내 잘못

✦

 여느 평범한 날처럼 아침에 눈을 떴다. 요즘 피곤하다는 생각이 무색하게 오늘따라 상쾌하게 눈이 떠졌다. 날도 상쾌하고 창밖으로는 참새들도 지저귀고 있다. 드라마에서만 보던 완벽한 아침이 아닐 수 없다. 오늘따라 예감이 좋다. 몸이 날아갈 듯 가볍고 세상이 나를 위해 일구어져 있는 듯한 영문 모를 산뜻함이었다. 이런 좋은 날에 노래가 빠지면 섭섭하지. 평소에 자주 듣는 노래를 틀고 학교에 갈 준비를 했다.
 "온유야 밥 먹어야지."
 엄마가 나를 부르는 소리가 귀를 감았다.
 "아! 아침밥 까먹을 뻔했다."

나는 신나게 오늘에 메뉴를 훑어봤다.

"앗싸! 내가 좋아하는 계란말이."

"그래 맛있게 먹어."

엄마는 내 앞에 앉고선 같이 아침을 챙겼다.

"그래 요즘 학교생활은 괜찮지?"

"아! 맨날 똑같은 소리. 괜찮대도."

"그래 인마 무소식이 희소식이란 말이 있어. 너같이 학생 때 평범하게 지내는 게 가장 좋은 거야."

맨날 듣는 잔소리이지만 내 아침을 망치기엔 멀었다. 잔소리마저 영화 속 도입부처럼, 흥겹게 시작된 하루에 보탬이 됐다. 옛날처럼 바빠서 날 챙겨주지 못했을 때와는 달리 나를 신경 써주고 있다는 증거니까.

"엄마 난 다 먹었으니깐 학교 간다?"

"그래 잘 다녀와."

엄마의 인사를 끝으로 호기롭게 집 밖을 나와 등교했다. 매일 같은 풍경이지만 오늘따라 하늘이 더 맑고 온도도 딱 적당했다. 신나게 걷다 보니 학교 코앞까지 왔다. 계단을 오르고 반 문을 열었다.

"얘들아, 안녕!"

습관처럼 인사했다. 화답으로 들려와야 할 활기찬 인사 대신 수군거림이 들렸다. 보태서 날 비웃는 아이들도 있었다. 날 못마땅하게 여기던 여자애들은 놀리는 말투로 내 말을 따라 했다.

"얘돠라, 안늉. ㅋㅋㅋ 존나 웃기지 않냐?"

"ㅋㅋㅋ 미친 새끼야 그만해."

"시발 존나 웃기네. ㅋㅋㅋ"

반 애들은 서온유 놀리기에 동참하는 듯 박장대소를 했다. 대수롭지 않게 넘기려고 핸드폰을 제출하는 가방에서 내 번호를 찾아 핸드폰을 욱여넣고 무리 쪽으로 성큼성큼 걸어갔다. 무리가 내가 왔는데도 나하고 인사하지 않는다. 투명 인간이 된 것만 같다. 나를 못 본 것 같았다. 조리돌림당하는 걸 모면하기 위해 얼른 인사를 건넸다.

"채성아 안녕."

"ㅋㅋ 미친 거 아니야?"

"헐 야야, 채성아 무시해."

내가 엄청난 욕을 뱉은 것도 아닌데 애들은 혈안이 되어 나의 말들을 무시하라고 하기 일색이다. 그제야 느꼈다. 뭔가 잘못되었다. 사실 모르는 척하려고 애쓴 걸지도 모른다.

'내가 뭐 잘못했나? 그럴 리가 없는데? 내가 모르는 내 잘못이 있나? 아닌데…. 그럼, 왜 그러는 거지?'

별의별 생각이 다 들었다. 의기소침해진 나는 자리에 가서 최대한 태연하게 선생님이 들어오길 기다렸다. 선생님이 들어오시길 기다리는 10분이 1시간처럼 느껴졌다. 평소에 잘 읽지도 않는 책을 펼쳐서 당황한 기색을 내지 않으려 꾸역꾸역 집중되지도 않는 책을 읽었다. 내용이 머리로 들어오는지 흘러가는지 정신없고, 벌써 집에나 가고 싶었다. 도중에는 중간중간 울컥해서 눈물이 고였다. 도대체가 무슨 일 때문에 그러는지 감을 잡을 수가 없었고 그렇기에 이 상황 또한 종잡을 수 없었다. 책을 읽고 있지만 신경 쓰지 않으려 해도 바깥 상황이 귀에 들어오는 건 어쩔 수 없었다. 사소한 수다부터 그냥 대화하는 것까지 다 내 욕으로 들렸다. 어쩐지 아침에 기분이 좋다 그랬다. 내가 행복할 리 없을 테니까. 일찍 나오지 말걸. 나는 항상 왜 사고만 치는 걸까. 또 무슨 잘못을 저지르고 만 것일까. 울고만 싶었다. 뭔지도 모르는 내 잘못을 듣기도 전에 그냥 싹싹 빌고 죽을죄를 지었다고 사죄하면 없었던 일이 되어버렸으면 했다. 어떤 쪽이든 끔찍하다.

"얘들아, 자리에 앉아라."

기나긴 기다림 끝에 드디어 선생님이 들어오셨다. 선생님이 이렇게 반가운 적은 또 처음이었다. 영원히 선생님이 교실을 떠나지 않았으면 좋겠다고 생각했다. 그럴 일은 없을 텐데.

종이 쳤다. 치지 않길 바랐던 그 종소리가 머릿속을 어지럽혔다. 안 그래도 복잡한 머릿속을 쑥대밭으로 만들어 놓았다. 이 상황이 이해가 가질 않는다.

"도대체 왜 그런 눈으로 나를 쳐다보는 거지?"

수업 시간에 수도 없이 하는 질문이었다. 끝난 지금도 역시 정답을 알지 못한다. 오랜 고민 끝에 나는 일어서서 무리 쪽으로 다가갔다. 입술을 깨물었다. 내 미간에는 주름이 잡혔다. 도저히 저 아이들의 눈을 쳐다볼 수가 없다. 저 동공 속에서 무슨 일이 벌어지고 있을지 끔찍하다. 상대방의 눈을 쳐다보는 일은 항상 과분하게도 힘들었다. 입이 떨어지질 않는다. 그래도 해야 한다. 지금 하지 않으면 앞으로 내 미래는 없는 거나 마찬가지일 테니까. 용기를 내서 첫마디를 했다. 속으로 수천 번 연습했던 말이다.

"혹시 내가 뭐 잘못한 거 있어?"

수현이 가소롭다는 표정을 지었다. 채성은 역겹다는 표정으로 양손의 주먹을 꽉 쥐었다. 서로만 아는 눈빛 교환을 한다. 누가 누가 저 아이를 죽일지 간을 보는 사냥꾼의 눈빛이었다. 그 적막을 깨고 울분 가득한 목소리로 이채성이 경멸하듯이 말했다. 첫 번째 사냥꾼은 이채성이었다.

"야, 네가 내 지갑 훔쳤다며? 네가 어떻게 그래? 넌 그게 무슨 의미인 줄 알기나 해?"

나는 내가 잘못 들은 줄 알았다. 무슨 얼토당토않은 말인가. 어이가 순식간에 달아났다. 너무 황당한 나머지 입 밖으로 탄식이 나올뻔했다. 겨우 그걸로 나를 이 지경까지 몰아세웠다는 말이야? 너희들이 사람이야? 물음표만이 내 속을 가득 채웠다. 파노라마처럼 머릿속에서 한 장면이 재생되었다. 놀이공원 속 제발 아니기를 바랐던 이현수가 이채성의 가방을 도둑 새끼처럼 뒤지던 장면을. 얼굴이 빨갛게 달아올랐다. 동시에 눈물이 차올랐다.

'내가 그런 게 아닌데…!!'

이 말이 목구멍 끝까지 차올랐다. 하지만 여기 거지 같은 상황을 잘 끝내지 않으면 무슨 봉변이 기다릴지 모른다. 그뿐만 아니라 미래 속 내 존재 여부까지도. 나는 최대한 차분하려 노력했다. 노력이 무색하게도 중력에 못 이겨 다리가 후들거렸다. 떨리다 못해 십이지장이 뒤틀리지만. 꾹 눌러 단어를 골랐다. 최대한 함축적이지만 나의 의도가 드러나게.

"나 정말 아니라니까? 정말이야 왜 사람 말을 못 믿어?"

반 아이들의 수군거리는 소리가 하늘을 찌르고 점점 구경꾼들이 늘어난다.

"이 새끼 끝까지 발뺌이네. 시발 이현수가 봤다고. 끝까지 거짓말하니 좋냐? 병신아, 내 지갑이나 내놓으라고!!"

이채성이 울부짖는다. 난 그런 적이 없는데. 난 피해자라면 피해자지 가해자는 나보단 이현수이다. 어제까지만 해도 이채성을 안타깝게 생각한 걸 후회했다. 여기서 놓치지 말아야 할 말이 섞여 있다. 그래. 범인은 너구나. 이현수. 싹수가 노랗다 못해 검게 그을렸구나.

"이현수가 봤다고? 야, 도둑질을 한 건 내가 아니라 이현수야. 제가 무슨 말을 지껄인 건지 모르겠지만 난 아니라고."

"시발 끝까지 이러네. 목격자가 있는데도 모르는 척이야. 네가 한 쓰레기 같은 짓이 걸려서 놀랐냐? 수치심이 막 차올라? 이현수한테 덮어씌워야 속이 시원하겠어? 내가 그 말을 믿을 줄 알았니?"

이걸 어떻게 해명해야 할지 막막하다. 아무리 아니라고 해도 알아먹질 못한다. 격한 감정을 주체 못 하고 나를 쏘아붙이는 이채성의 꼴도 가관이었다. 하늘에서 땅까지 아찔하게 내 심장은 뛰었다. 목덜미 뒤에선 식은땀이 흘렀다. 데자뷔 같았다. 놀이공원 속 이현수가 이채성의 지갑을 훔쳤을 그때처럼. 소란은 커졌다. 손에는 땀이 차올랐다. 가빠진 심장박동은 내 처지를 대변했다. 자존감이 땅에서 지하를 뚫을 때까지 아래로 치달았다. 소란이 커지니 선생님이 왔다.

"너희들 뭐 하니? 종 쳤다. 얼른 수업 준비 해."

익숙한 호통 후 무거운 짐을 든 몸이 뒤따랐다. 지금은 그저 새로운 것들투성이였다. 수업 시간이 시작하니 선생님은 자기 교과과목에 맞춰 들어오셨다. 열정적으로 수업하시는 선생님을 보고도 나는 수업을 집중할 수가 없었다. 내가 왜 이런 일을 당해야 하는 거지. 나는 그냥 이현수가 훔친 걸 본 죄밖에 없는데. 죄가 이렇게까지 커야 하나. 진짜 가해자는 잘만 있는데. 이현수의 눈빛이 잊히질 않는다. 마치 충격적이라는 듯한 저질적인 눈빛이야말로 이번 해 여우주연상 급이다. 투둑. 투투둑. 투투두둑. 손등에 눈물이 둔탁하게 떨어졌다. 나는 못난이다. 이런 상황에서도 뭐 하나 제대로 하는 것이 없다. 오해는 풀지도 못한다. 당하기만 하고 이런 취급이나 받고 말이야. 다들 반듯한 네모, 세모인데 나만 선에 굴곡진 도형 같다. 사람들이 하는 것처럼만 하고 살면 될 줄 알았는데 이건 어려웠다. 다들 평범하거나 잘나고 예쁘기만 한데 내 처지를 봐라. 수준 떨어진다. 비정상인 게 들켜 수치스러웠다. 먹잇감을 발견해서 얼씨구나 잘 걸렸다 하고 이 지경으로 괴롭히는 걸까. 뭐가 되었든 좋다. 그냥 지금은 집에 들어가 쉬고 싶다. 아무도 없는 공간에서 혼자서 울고 싶다. 내가 너무 불쌍해서 죽어버리기 전에.

'띠리리리링'

아. 종이 쳤다. 도망칠까. 학교 정문 밖으로 뛰어 곧장 집으로 향하고 싶다. 여기서 내가 더 이상 할 수 있는 건 없다. 더럽

고 끈질기게도 여론은 이미 넘어갔다. 사람들은 소문의 진실이 사실이건 아니건 신경 쓰지 않는다. 그저 자기 유흥 거리에 맞게 입맛 따라 씹고 뜯고 즐기고 있을 뿐이다. 이건 누가 봐도 이현수가 치졸하게 꾸민 덫에 걸린 불쌍한 새끼 돼지에나 불과하다. 돼지 새끼는 커서 삼겹살이나 되지, 동화처럼 '짜잔' 하고 왕자님이 들어와 구해주지 않는다. 반 애들이 수군거린다. 또 뭘 꾸미길래 저럴까. 내 욕이랑 인신공격이 있을까. 겨우 이런 걸로 마음이 갈기갈기 찢겨서 걸레짝이 되어버렸다. 거적때기인 심장을 부여잡았다. 주위에 유독 다 날 유심히 관찰하는 것 같았다. 신경을 곤두세워 주변을 경계했다. 세상에 일어나는 모든 일이 날 향한 창살 같았다. 온종일 긴장되어서 작은 거에도 크게 반응하게 되었다. 숨쉬기가 점점 힘들어진다. 물속에 잠겨버린 기분이다. 숨이 막혀 구역질이 차오른다. 한도 끝도 없이 속이 뒤틀렸다. 과연 난 무슨 얼굴을 하고 있을까? 단순히 내 상태를 슬픔으로 정의하기에는 조여오는 숨통이 가벼워질 거 같다. 아침만 해도 밝았던 눈앞 풍경이 이제는 종말을 앞둔 세상처럼 미래가 보이질 않았다. 손이 위기를 감지하고 떨렸다. 지레 겁을 먹은 걸 들키면 더 좋은 먹잇감이 될 것이기에 애써 손을 부여잡았다. 암흑 같은 공간에서 작은 구멍 사이로 보이는 빛에 의지한 채로 희미한 손만을 바라보았다. 용기 아닌 용기를 냈다.

불규칙한 호흡과 엇박자로 날뛰는 심장 소리가 귓속을 가득 채웠다. 드르륵. 의자에서 일어섰다. 아랫입술이 도무지 윗입술을 놓아주지 않았다. 무리 쪽으로 다가갔다. 이야기 소리가 멈췄다. 나를 의식한 것이다. 교실은 순식간에 내가 상상한 암흑보다 고요해졌다. 파르르 떨리는 입술과 정신을 꽉 쥐고 희미한 빛 쪽으로 다가섰다.

"현수야 밖에서 잠시 이야기할래…?"

떨구어진 고개를 들어 이현수를 응시했다. 이현수의 눈 틈 사이가 넓게 멀어졌다. 이내 다시 평온을 되찾고 침착하게 대처했다. 너에게 이건 작은 사건이구나. 표정에서는 큰 파도 대신 잔잔한 파도 소리가 자욱하다. 침묵을 깬 건 이현수의 한마디였다.

"하…. 알겠어 온유야."

거슬리는 친절한 말투, 그와 반대로 나를 꺼리는 걸 증명하는 멀찍이 선 거리. 몸통을 돌려 교실 밖으로 통하는 뒷문으로 돌진했다. 주변 시선 따위는 보이지 않았다. 내가 본 건 바닥이었으니까. 누구라고 할 거 없이 이 상황을 신중하게 지켜보지만 몸은 조롱할 준비를 마쳐놓은 상태였다. 어떤 맛있는 입질 거리가 굴러떨어질까? 기대하는 듯한 포식자의 눈빛은 그야말로 먹잇감들이 공포로 떨기에 충분하였다. 복도 끝인 구석 자리 기둥을 크게 돌면 보이는 인적이 드문 구석 과학실로 향했다. 뒤에서 따라오는 이현수와 나는 이동 중에는 약속한 듯이 엄숙을 지켰다. 무거운 고개를 치켜들었다. 생태 피라미드 꼭대기에 서 있는 포식자를 향하여 몸을 최대한 부풀려 경계하는 최하위에 동물의 발악이었다. 단전에서 끌어올렸을 발악은 최상위 포식자에겐 우스울 뿐이었다. 새끼 돼지가 경계를 해봤자 자기에게 어떠한 큰 피해가 가지 않으리라는 굳은 믿음이었다. 이현수는 팔짱을 낀 채 날 위아래로 훑었다. 이거야말로 똑똑한 머릿속에서 나온 자신감과 자만이었다. 이현수는 당당하게 허리를 꼿꼿이 세워, 상위 포식자의 위엄을 뽐내었다.

"현수야 네가 그런 거 아니지?"

내가 할 수 있는 최선의 선택이다. 동시에 내가 할 수 있는 최악의 선택이었다.

"무슨 말을 하는지 모르겠어."

이현수는 고민하는 틈도 없이 바로 내뱉었다. 내 두 눈을 고고하게 응시하며 의문이라는 표정과 함께. 의기양양하게 이현수는 준비해 온 대사를 읊었다.

"나 사실 봤어. 네가 놀이공원에서 채성이 가방 뒤지는 거. 그런 짓을 하는 정성이 워낙 갸륵하잖아. 그래서 난 넘어가려고 했는데 알다시피 채성이가 힘들어하는 거야. 어쩔 수 없었어. 나 이해하지?"

이현수가 선수를 쳤다. 내가 무슨 생각을 하는지 다 꿰뚫어 보는 듯한 용한 점쟁이에게 빙의한 듯한 눈빛으로. 이제 나는 어떡하지. 한가하게 도둑질이나 저지른 건 내가 아니란 말이다. 내 앞에 있는 사람이 범인이라면 모를까. 어떤 반응을 해야 할지 모르겠다. 몸은 굳어서 어정쩡하게 서 있는 동상이나 다를 바가 없다.

"무슨 소리야? 난 아니야. 네가 훔쳤잖아. 멀리서 내가 걸어오는데 네가 이채성 가방을 뒤지고 있는 걸 내 두 눈으로 똑똑히 봤는데."

가파른 언덕을 올라가는 듯 숨 쉬는 틈이 짧아졌다. 나는 흥분했다. 어쩔 줄 몰라 당황하고 눈을 이리저리 굴렸다. 내가 범인이 아닌데 들킨 가해자인 듯한 모습으로.

"온유야. 아무리 그래도 그렇지 나를 범인으로 몰면 어떡해. 너 사정이 뭔지 모르지만, 친구 물건을 훔치는 게 좋은 행동은 아니야. 채성이한테 사과하고 얼른 물건 돌려주자, 또 멍청한 꼴 당하기 싫으면."

이현수는 알았다. 자기가 유리한 지점이며 한 수 위라는 사실을. 뛰는 놈 위에는 나는 놈이 있다. 이현수는 나는 놈이다. 내가 할 범위를 아득히 떠난 애다. 마지막 마디에는 나지막이 경고도 내포되어 있었다.

"또 멍청한 꼴 당하기 싫으면."

이라고. 이현수에게 내가 지금 어떠한 말을 던져도 맞받아 주기는커녕 나에게 큰 치명타를 넘길 거였다. 이현수는 똑똑하니까. 나는 여기서 더 뒤로 물러날 수밖에 없었다. 아무리 그래도 발버둥은 쳐봐야 했다. 지렁이도 밟으면 꿈틀한다던데. 지렁이도 하는 걸 내가 못 할 리가 없었다.

"야 이현수, 네가 한 건데 왜 자꾸만 내가 했다는 식으로 말해? 너 그러기 있기야? 내가 네가 훔치는 거 똑똑히 봤는데. 애들한테 소문내는 건 뭐야? 들키는 게 그렇게도 무서워 오금이 저렸니?"

"야 서온유 너야말로 이런 식으로 사람 모함하는 거 아니야. 증거 있어? 증거도 없으면서 그렇게 뒷북 치니 좋아죽겠지. 사람들이 다 네가 한 짓이라고 말하고 있는데 이제라도 인정하는 게 어때?"

증거 그런 거 없다. 그 당시에는 우리 무리 사이가 틀어지기 죽을 만큼 두려워 정신이 없었는데 증거 같은 걸 남길 여유란 게 존재했을 리가.

"야, 너 그런 식으로 말할 거야? 이현수 너 좋게 생각했는데 실망이다. 목격할 당시에 내가 우리 무리 사이 틀어질까 봐 얼마나 전전긍긍했는지 네가 알기나 하냐고."

소리를 질러버렸다. 난 지금 흥분하여 빨갛게 차오른 얼굴이다. 이현수는 길길이 날뛰는 날 동물원 원숭이처럼 구경했다. 붉은 뺨 위로 물방울이 스쳐 지나갔다. 눈에선 홍건하게 젖어버린 내 마음이 흘러나오려고 한다. 턱에 도착한 물방울은 뜨겁게 타올라선 툭하고 떨어져 나와 우리 우정과 같이 작별했다. 소리를 지르니 인적이 드문 과학실 주변으로 벌레 새끼들이 꼬이기 시작했다. 이런 소리는 기가 막히게 잘 듣는 하이에나 같은 족속들이었다. 그렇게 이현수와 나의 시끄럽고 어지러운 만담은 종료되었다. 교실로 돌아오니 그새 소문이 쫙 퍼져 있었다. 복도에서는 이 소식을 전하려 뛰어다니는 소식통들과 울어서 불어 터져버린 내 얼굴을 구경하러 두리번거리는 벌레들이 많았다. 교실에 도착한 동시에 하이에나 소굴에 갇혀 책상에 엎드려 눈물을 훔쳤다. 난 왜 이리 당하기만 하는지. 어렸을 때부터 환영받지 못한 꼬리표가 지금까지 끈질기게 따라붙어서 들켜버린 것이 아닌지. 울어버려서 머리가 어지러웠다. 두통으로 엎드려 버려 콧물이 콧구멍을 틀어막아서 입으로 숨 쉬어야 했다. 모두가 아는 운다는 사실을 들키기 싫어 끅끅대며 숨죽이고 울어야 했다.

지옥 같던 학교가 끝났다. 아침까지만 해도 가벼운 발걸음으로 일찍 등교했던 학교는 하루아침에 지옥이 되었다. 내 인생 어떡하지. 학교는 작은 사회라고들 하는데 작은 사회에서도 처신 하나 제대로 못 갖추고 이렇게 벼랑 끝까지 몰렸으니 말이다. 학교에서도 이러는데 성인이 되어 진짜 사회생활이란 걸 해보면 뻔하다. 폐급이 되고 욕이나 들어먹겠지. 매일매일 돈도 못 벌어 와서 부모님 속 썩이다가 못 버텨서 맨날 낙오자가 될 거야. 회사 취직도 되지를 않아서 백수로 전락해 집에 얹혀사는 기생충이나 되겠지. 미래는 불 보듯 뻔하다. 고등학생이 되면 공부에 치여 살 테고 성인 되면 돈에 치여 살 테니 말이다. 집 문 앞까지 도착했다. 얼른 도어록 문을 열고 쥐구멍에 숨어 들어가는 쥐새끼들처럼 방에 틀어박혔다. 방문이 닫히자마자 침대로 다이빙했다. 부드러운 이불 감촉이 날 둘렀다. 집에 오니 나를 공격하는 건 싸그리 사라지고 없어졌다. 평생 집 밖 따위는 나가고 싶지 않아졌다. 경계심이 풀려, 나오는 눈물을 제어하지 못했다. 눈물자국이 베개에 번졌다. 훌쩍이며 핸드폰을 켜 이채성에게 장문의 문자를 보냈다. 문자 하나 쓰는 데 공들인 시간이 1시간이 되어서야 보낼 수 있었다. 몇 번을 쓰고 지웠는지 아득할 정도였다. 문자 내용은 뻔하다. 도둑질이 내가 아니라고. 이런 말을 해도 될지 모르겠다마는 그건 이현수 짓이고 무슨 이유에선지 나에게 덮어씌웠다고 말이다. 보낸 직후 핸드폰을 덮고 문자 도착을 기다리기만 했다. 이게 뭐라고 긴장이 되어서 다른 일에 집중할 수 없었다. 10분 정도가 지난 후 알람이 울렸다.

'띵—'

문자 답장을 알리는 소리가 방을 가득 채웠다. 핸드폰이 진동한 게 느껴졌다. 고민 끝에 핸드폰을 쥐고 문자를 확인했다. 내 두 눈을 의심하지 않고는 못 배겼다. 이게 정말이라니.

[하…. 서온유 좀 작작 하지 그러냐? 시발 이현수가 말한 내용이랑 토씨 하나 안 틀리고 들어맞아서 소름이 돋을 지경이다. 너 존나 추해. 진짜 지긋지긋하니까 이딴 짓 그만하고 양심이 있으면 사과나 지껄여 보라고. 물론 너의 사과를 받아줄 일은 내 지갑 돌려주지 않으면 죽어도 없어. 내 지갑 진짜 중고에 팔았냐? 그거 당장 안 돌려놓으면 진짜 너는 끝장이다. 너랑 같이 친하게 지내온 순간들이 후회스럽고 부끄러우니까 제발 돌려주라고, 소설 쓸 시간에.]

충격적이다. 이현수가 도대체 무슨 말들을 나열했으면 이런 반응이 돌아오는지 모르겠다. 화법을 전수받고 싶을 지경이다. 난 우리 무리와 친구 사이를 걱정해서, 미리 말하지 않았는데. 그래서 돌아온 결과가 이거라면 신은 나를 버린 거다. 친구들을 걱정한 나와는 달리 치밀했다. 진짜 훔친 범인인 이현수가 내가 하지도 않은 짓으로 악의적인 소문을 퍼트려서 받은 대우는 환상적이다. 어렸을 때부터 나쁜 일을 하면 안 된다고, 착한 일을 해야지 좋은 어린이라고 배웠다. 그러지 않으면 벌받는다고. 그러한 어른이 만들어 놓은 세상의 이치들은 거짓말투성이였다. 규칙이란 건 본래 만드는 사람에게 편리하게 만들어졌다. 규칙을 만든 사람들이 제일 많이 규칙을 어기고 다닌다. 세상의 이치는 이현수같이 살아야 어디서 손해를 안 볼 거라는 거다. 불행히도 오늘따라 일을 일찍 마쳐 장까지 보고 온 엄마가 일사불란하게 저녁을 준비하고 있었다. 엄마와는 어색했다. 다른 엄마들처럼 친구 같은 사이라거나 긴밀한 사이라고는 보기 어려웠다. 내가 어렸을 때부터 엄마와 아빠는 매일 일하러 나가야 했다. 야근은 기본이었던지라 집에 나 혼자 있는 일은 익숙한 일이었다. 이제는 혼자 있는 편이 오히려 편하고 좋았다. 맞벌이하는 부모님을 둔 자식들의 흔하디흔한 레퍼토리이다.

"온유야 밥 먹으러 나와라."

저녁 준비를 마친 엄마의 외침이 귓가에 스며들었다. 오늘따라 엄마를 마주하는 것이 내키지 않는다. 엄마의 두 눈을 마주치면 내 안에 있는 무언가가 튀어나와서 왈칵하고 쏟아낼 것이기에 방문 손잡이를 쥐어 내리고 엄마를 마주하는 것은 여간 어려운 일이 아니었다. 엄마가 한 된장국 냄새가 콧등을 스친다. 평소 같으면 군말 없이 헐레벌떡 뛰어나오며 엄마에게 자연스레 말을 걸어보겠다마는 오늘만큼은 아니다. 더군다나 입맛도 없다. 그냥 이대로 쉬고 싶었다. 쭉. 어쩌면 평생까지. 무거운 몸덩이를 들고 반문 손잡이 앞까지 가까스로 다가갔다. 방문을 꾹 하고 걸어 잠그며 말했다.

"나 밥 먹고 왔어."

라고. 거짓말이다. 이제는 같이 하교할 친구조차 없어진 나였다. 그런 나에게 밖에서 집으로 늦게 들어오는 일은 없는 거나 마찬가지이니깐. 애써 힘이란 힘은 다 끌어올려 말한 밥을 먹고 왔다는 이야기는 다행히 엄마에게 닿았는지 대답이 들려왔다.

"뭐? 밥 먹고 왔다고? 하…. 그럼, 미리 말 좀 하지 그랬어. 괜히 헛수고했잖아."

서러웠다. 딸은 학교에서 그 친구란 놈들에게 온갖 짓은 다 당하고 왔는데 엄마는 그걸 몰라주니. 하지만 엄마가 독심술사나 마법사가 아닌 것쯤이야 유치원생 때 깨우치고도 남았다. 왠지 모를 서러움과 엄마에겐 말 못 할 죄송함까지 있으니 투정을 넣어뒀다. 그나마 다행인 점은 금방 퇴근하고 저녁을 준비하는 엄마에겐 거짓말을 들킬 염려 또한 없었기에 가능한 일이었다. 알리고 싶지도 않았고 마주하기엔 버겁기에 오늘은 숨죽이고 침대에서 얼굴을 파묻혀 죽치고 울음을 삼켜야 했다. 밖에 있는, 어쩌면 낯선 어른에게 울고 있다는 사실을 들키고 싶지 않았기에.

'떵디디리링 떵디디리링'

핸드폰에서 아침을 알리는 알람 소리가 뇌를 후벼팠다. 끄는 걸 깜빡한 조명이 발광하여 머리를 지근지근 쑤시게 했다. 얼굴은 울다 잠들어서인지 혼비백산이다. 눈은 퉁퉁 부어 있고, 두통에다가 눈앞이 빙빙 돌아 토하고 싶었다. 그야말로 최악의 컨디션이다. 언제 잠들었는지 기억이 나질 않았다. 아마도 울고 지쳐 혼자 잠들었나 보다. 등교를 알리는 끔찍한 종소리를 들으며 마주한 햇살은 따가웠다. 오늘은 죽어도 학교에 가고 싶지 않았다. 여기서 학교에 빠지면 지는 거야. 어렸을 때부터 개근했던 내가 갑자기 엄살을 피우며 학교까지 빠지면 끝장이라는 본능이 꿈틀거렸다. 엄마에겐 오늘 학교에 가고 싶지 않다는 말도, 꾀병도 부릴 수 없었다. 평생 해본 적도 없기에 어색하고 낯부끄러워 상상하기도 힘들었다. 어쩔 수 없이 몸을 일으켰다. 생각할 틈도 없었다. 등교 준비를 시작한 이상 빠르게 몸을 움직여 학교로 이동해 도착지에 도달해야 했다. 이미 평소보다 늦게 일어나 정신머리를 챙겨 갈 여유도 없었다. 가고 싶지 않은 학교를 위해 이렇게까지나 고생이란 고생은 다 한다. 맨날 치열한 전투이다. 문밖 거실에선 아침 일찍 일어난 엄마가 벌써 출근 준비를 하고 있었다.

"온유야, 엄마 먼저 갈게."

준비하고 있는 나의 뒤통수에 엄마의 인사말이 끝나고 도어록 소리가 들려왔다.

"아, 얼른 가야 하는데."

준비를 마친 다음 서둘러 문밖을 나와 학교로 발걸음을 옮겼다. 밝고 긍정적인 것만이 가득 채웠던 어제와는 다른 어둡고 칙칙한 등굣길을 나서고 있다. 어제까지만 해도 좋았는데 이제는 다 부질없게만 느껴져 올 뿐이다. 매일 같은 목적지와 익숙한 주변에 빵빵거리는 차 소음, 삼삼오오 모여 같이 등교하는 아이들. 어느 하나 빠질 거 없이 여느 때와 다를 거 없는 등굣길이었다. 그중 바뀐 것이 있다면 나를 기다리는 끔찍한 교실, 울렁거리는 학교생활 정도이다. 세상은 내가 어떤 처지로 아무리 변해봤자 그대로다. 내가 죽어서도. 멀쩡히 돌아가기만 하지 멈출 기미가 없다. 우리 모두 큰 세상의 조그마한 일부분에 지나지 않으니깐. 늘 이래왔다. 달라진 건 세상이 아니라 나다. 아무리 미래가 어둡다 말해봐도 늘 여전히 존재해 온 세상은 늘 그대로 항상 그곳에 있다. 내가 두 다리로 몸을 지탱하고 우두커니 서 있는 이곳에. 지금 내 눈앞에는 교실 문이 놓여 있다. 오늘따라 큰 벽처럼 느껴진다. 급박하게 달려오는 숨을 크게 몰아쉬고는 큰 벽 문에 있는 손잡이를 밀었다. 반 아이들, 무리와 어제 일까지도 그대로이다. 그냥 악몽을 꾼 건가 하는 막연한 희망이 짓밟혔다. 이대로 곧장 집으로 향하고 싶다. 이런 생각이란 게 들었다. 아무리 이런 말들이나 되풀이해 봤자 결과는 똑같을 것이다. 알면서도 다시 돌아가고 싶다. 정말, 정말로 얼마 전까지만 해도 같이 배 터질 듯 웃으며 팔짱을 끼고 학교는 배회했는데. 분명 우리 사이는 좋았다. 이현수의 만행이 있기 전까지만 해도. 나는 죄가 없다. 진실을 아는 나지만 부담감에 못 이겨 고개를 숙였다. 엄청난 죄인이 된 기분. 말들로 형용할 수 없는 감상이 몰려왔다. 단순하지만 모순되게도 엉겨 붙어 너무나도 복잡했기에 느낄 순 있어도 표현하기 힘들었다. 뒤에서 무리 애들의 대화 소리가 어렴풋이 들렸다. 분명 이채성의 목소리이다.

"아…. 도둑 새끼는 다 뒤져버려야 하는데."

이현수가 한술 더 뜬다. 즐겁다는 듯 두 입꼬리를 끌어당기며.

"그러니까 걔들은 그 짓거리가 부끄러운 줄도 모르는가?"

아이들이 두 눈을 부릅뜨며 약속이라도 한 듯이 나를 응시하며 말하고 있다.

"시발 그 새끼들은 사람 새끼도 아니야 남의 물건 훔치고 사는 게 좋나?"

"미친. ㅋㅋㅋㅋㅋ"

같이 떠들고 부둥켜안아 뒹굴뒹굴하는 게 1시간 전 일인 양 눈앞에 선한데 그런 짓은 저런 아이란 한 적 없다는 얼굴로 나를 대한다. 처음부터 남인 것처럼 나를 쏘아붙인다. 너 나 할 거 없이 기다렸다고 말하는 듯 쏘아붙였다. 어떤 말을 해야 저 애에게 아물지 못할 상처를 남길까. 속마음이야 뻔했다. 짜 오기라도 했는지 가슴 깊이 뾰족한 날을 명중하여 뒤틀고 헤집어 버린다.

"서온유, 네 이야기잖아. 너 말고 누구겠니?"

"꺅 미친놈아. ㅋㅋ 서온유 울겠다."

믿을 수 없다. 이건 내가 아는 애들이 아니다. 다른 사람들인 것이 분명하다. 그런 말을 나에게 할 리가 없었다. 나를 믿어주지 않았다. 한 번만이라도 단 한 번이라도 먼저 사실이냐고 물어봤으면, 만회할 기회라도 나에게 내려주었으면, 소원이 없다. 누가 이 창살을 던져 내 목숨을 빼앗았는지 확인할 여력이 없다. 당하기만 해도 벅차 목이 조여오는데. 구역질 올라오는 순간에서 하나하나 확인해 가며 당할 만큼의 나는 정신력이 강하지 못했다. 아무리 막혀와도, 속이 타들어 가도 나는 부러진 양발로 꿋꿋이 서 있어야 한다. 어떤 말들을 마련하여 나에게 누가 더 악랄하냐고 자랑하듯이 전시해 놓아 고이 모셔 진열했다. 난 말없이 초점 없는 눈동자로 응시할 뿐이다. 이채성이 못 참겠다는 듯 입술을 부르르 떨었다. 자기가 피해자인 것처럼.

"아 시발 너 내 말 무시하냐?"

현수는 더 흥분해 보라는 듯 맞장구를 쳤다.

"미친 거 아니야?"

"…."

이채성은 분해 보였다. 모르는 누가 보면 내가 한 대라도 친 줄 알 거다.

"시발 귀먹었어?"

"…."

"아니, 네가 장애인이야? 대답을 하라고, 대답을."

이현수의 의도대로 이채성은 흥분했다. 역시 똑똑한 얘기다. 저절로 감탄하게 했다. 철저하게 계산된 행동으로 여론을 조종했다. 이현수는 평소에 하지도 않는 끔찍한 말들을 하고 있었다. 악마에라도 빙의한 듯. 이채성은 자기가 지금 무슨 말을 뱉었는지 알기나 할까. 주변에 정말 몸이 불편한 아이가 들어서 상처라도 입을까 조마조마했다. 더 이상 지갑에 초점이 맞춰 있지 않았다. 나를 괴롭힌다는 것에만 집념하는 괴이한 일이다. 정신을 붙잡을 수가 없었다. 종이 치고 선생님이 들어와도 길게만 느껴졌던 지루한 수업 시간이 지나가도록 몸이 경직되었다. 경계라도 하듯이. 이젠 쉬는 시간 종이 치면 이채성이 다가와 항시 조롱했다. 이쯤 되면 이런 생각이 들어야 한다. 더러운 학교를 탈출하고 싶다고. 끔찍한 감옥에서 해방되었으면 한다고. 아침까지만 해도 감각이 둔해져 분명 상상하지 못한 것이었다. 나는 나를 위해 임시방편인 점심시간까지 버티고 조퇴하기로 했다. 결심하니 마음이 편했다. 조금 마음이 얌전히 가라앉았는지 보이지 않았던 것들이 보인다. 박연화는 멀리서 꼴사납다는 듯이 지켜보고, 다른 아이들을 골라 다시 친해지며 수다를 떨고 다녔다. 서아림은 내키지 않아 보였다. 혼자 소심한 성격이 쭈뼛대며 무리 말을 응답하기보단 쉬는 시간이면 사라져 다른 반 친구와 만나거나, 아니면 도서관에서 시간을 보내는 것 같다. 그 후에는 나는 손꼽아 점심시간을 기다리며 급식을 거르고 집으로 향했다.

조퇴하는 일이 많아졌다. 점점 가면서 괴롭힘이 심해졌다. 머리채를 잡는다거나 욕설을 퍼부어서 정신을 혼미하게 하는 등 말이다. 그나마 버팀목은 여름방학이 일주일 정도 남아서 이 지옥에서 탈출할 수 있을 거란 점이다. 언제는 하루하루 연명하며 살아가는 내 머리채를 처음 잡은 날이었다. 반격해 봤지만 속수무책이었다. 그걸 아시는 선생님에게 불려 가서 일들을 털어놓았다. 1학기도 얼마 남지 않은 시점이라 꾸중을 늘어놓으셨다. 되도록 접근 자제 말고는 다른 조치는 없었다. 선생님의 말씀이 효력이 있었는지 없었는지 이채성과 이현수는 알랑방귀를 뀌어가며 선생님의 비위를 맞추었다. 은근슬쩍 내 뒷담이나 괴롭히는 실력이 늘어났다. 선생님은 언질로 괜찮냐, 정도로 늘 방치 아닌 방치를 이어갔다. 이쯤 되면 궁금했다. 정말 알고 보니 내가 훔친 건 아닐까 하고. 정말 내가 훔쳤고 큰 죄를 저질렀지만, 기억이 왜곡된 게 아닐까. 사실 놀이공원 일은 기억이 흐릿하다. 도둑질을 목격한 것 외에는 잘 기억도 나지 않는다. 어이없게도 심리적 지배나 최면의 효과를 항상 간접적으로 체험당했다. 내가 도둑질했지만, 너무 충격이어서 이현수 탓으로 돌리는 식으로 기억한다. 라는 어처구니없는 생각이 지정 사실화되는 것 같았다. 하지만 아무리 흐릿해도 나는 안다, 나의 짓이 아니라는 것. 안타깝게도 머리로만 아는 건 별로 도움이 되지 못한다. 내 몸과 정신세계는 이미 내가 도둑질한 사람처럼 행동하니까 말이다.

여름방학

✦

 느리게만 느껴지는 시간이 흘러 어느새 방학식 날의 해가 밝았다. 축 늘어진 어깨로 언제나처럼 학교를 갔고 조회 시간의 선생님이 들어와서는 고대하던 한마디를 꺼냈다.
 "여러분 여름방학 잘 보내고 오세요."
 오늘은 행운이 가득 채운 날인지 무리는 놀 생각으로 수다 떨기 바빴다. 그렇게 나는 겨우 여름방학을 맞이했다. 달콤한 방학이 여느 때보다 더 달콤하게 느껴졌다. 1학기 마지막 하굣길을 나서며 읊조렸다.
 "아, 다행이다. 정말로."
 얼굴을 찡그리곤 눈물 한 방울이 흘러내렸다. 그동안 쌓인 게 터져 나왔다. 육성으로 "다행"이라는 말이 흘러나왔다. 나는 길가에서 펑펑 울었다. 세상이 떠나가라며.

수학여행 이후로 행복하게 지낸 날이 없었다. 나날이 불행의 연속이었다. 방 밖에 나가는 게 점점 두려워졌다. 더 이상 괴롭히는 사람을 만나지 않는데도 불구하고 자신감과 자기혐오에 빠졌다. 나는 내가 너무 싫었다. 이런 현실에서 도피하고 싶어서 방에만 박혀 있었다. 매일 침대에서 핸드폰만 하는 게 내 일상이 되었다. 점점 끼니를 거르고 자기 자신을 돌보는 일에 소홀해졌다. 새벽에 잠을 청하거나 밤을 새우는 일이 일상이 되었고 밥을 먹더라도 인스턴트 위주의 식사였다. 하루는 거실 소파에 앉아 있었다. 일찍 출근한 엄마와 마주쳤다. 엄마는 내가 내키지 않아 보였다. 매일 집에만 처박혀 있고 피폐한 생활을 하는 날 보며 한심한 표정을 지어주었다. 모르는 걸까 이해하지 못하는 걸까. 평소에는 대화가 드문 우리 사이에 엄마는 나름 불순한 의도로 말을 걸었다.

"온유야 너 좀 방학이라고 너무 퍼져 있는 거 아니야? 씻고 밖에 좀 나가서 친구랑 놀든가 산책 좀 하라고."

지금 상황에 친구하고 놀라는 엄마의 말은 화살로 변해 내 가슴에 명중했다. 그전에는 이렇게 피폐하지 않았는데 내가 변해

가는 모습이 보이지 않아? 엄마는 날 흘겨봤지, 이상한 낌새를 느끼지 못했다.

"…."

한심하기도 하지. 나는 금방이라도 울음이 터져 나올 것 같아 대답하지도 못했다. 앙다문 입술 사이로 찡찡거리는 울음보 소리가 터져 나올 것이기 때문이었다. 나는 엄마가 말을 건 그 자리에서 우뚝 서서 묵묵히 고개를 떨궜다. 뼈 있는 말을 뱉어내는 엄마를 원망하며 눈물을 흘렸다. 가증스러운 나를 엄마는 포기할 줄 몰랐다. 입 다문 내 태도를 엄마는 무시로 받아들였다.

"너 요즘 왜 그래? 내 말에 대답 안 할 거야?"

"…."

"하…. 엄마도 질린다. 좀 사람답게 살라고. 너 인생 그딴 식으로 살지 마."

내가 무슨 소리를 들은 건지 모르겠다. 잘못 들은 줄 알고 다시 물어봐야 했다.

"뭐라고…?"

"그런 식으로 살지 말라고. 못 알아들었니?"

알아들었고말고. 엄마는 단호했다. 그런 식으로 살지 말라니. 나는 금세 울음보를 터트렸다. 이러한 작자를 엄마라고 부를 수 있나. 너무 미웠다. 원망이 순식간에 증오로 바뀌었다. 어떻게 같은 사람이 이리 큰 상처를 주고 심한 말을 할 수 있는지 도무지 이해가 안 간다.

"엄마가 뭘 알아? 내가 지금 얼마나 힘든지, 학교생활이 어땠는지 알기나 해? 물어본 적이나 있고?"

"야 이 자식아, 엄마 말에 대답하지도 않고 이상하게 눈물이 나 갑자기 쏟고. 넌 엄마를 완전히 무시한 거야."

"나 힘들다고. 나 학교폭력 당했다고. 너무 힘들어 죽을 것 같다고."

"야, 그렇다고 이렇게 폐인처럼 사는 게 말이나 돼? 엄마로서 이해가 안 된다."

엄마는 나를 정신병자 취급하고 있었다. 아무것도 모르면서 어떻게 그런 말을 지껄이는지. 이로써 확실해졌다. 엄마는 명확한 방관자이다. 이런 집구석에 있기 싫었다. 아무 모자와 겉옷을 걸쳐 입고 집 밖으로 뛰쳐나왔다.

외톨이

✦

　모르겠다….
　아무 대안 없이 집 밖으로 뛰쳐나왔다. 정처 없이 세상을 향해 걸었다. 내가 어디 있어야 하는지 내가 존재하는 이곳은 어딘지 모른 채. 걷다 보니 땀이 새어 나왔다. 상관없었다. 밖에 나와 뛰고 걷고 별짓을 다 하니까 조금은 현실을 잊을 수 있었다. 그럼에도 달라지지 않는 나의 상황을, 점점 걸어갈 힘이 닳아갈 때 뼈저리게 느낄 수 있었다. 시간 가는 줄 모르고 발길이 향하는 곳으로 유영하듯 걸어갔다. 정처 없이 헤매다가 새로운 공간이 눈에 띄었다. 정원이다. 시간이 멈춘, 잊힌 정원 같았다. 처음 마주한 정원은 싱그럽고 성스러워 보일 만큼 오래된 세월에 풍파와 상관없이 아름다웠다. 특유의 정서가 묻어나오는 정원은 세월에 따라 낡아 보인다기보단 나이 들수록 성숙해지는 사람처럼 품격과 관용이 느껴져 고향에 포근함을 자아냈다. 내가 알던 세상과 차원이 다른 세상이었다. 햇살을 받아 잘 자란 나무들과 들판 꽃들이 나를 반겨줬다. 오랜만에 받는 환영이었다. 햇살이 닿지 않는 곳에 어둠이 조용히 머물러 옅어져선 시원한 그늘이 되어주었다. 때마침 시원한 숲속에 있는 정원에 쉬러 온 새들이 지저귀는 노랫소리는 클래식과 같았다. 정원에 전경은 날 영화 속에 집어넣었다. 가만히 지켜본 정원은 한 폭의 그림과도 같았다. 나는 바로 알 수 있었다. 이곳은 나의 안식처가 되어줄 거란 사실을. 나는 정원 깊숙한 곳에 더 깊이 파고들곤 고개를 들었다. 그 자리엔 어여쁜 연못이 자리 잡고 있었다. 특히나 물 표면에 아슬아슬하게 떠 있는 수련은 불분명한 경계를 만들어 더욱 인상적으로 다가왔다. 연못 가운데에는 푸르고 조그마한 다리와 쉴 수 있는 벤치들이 그 주변에 나열되어 있었다. 알면 알수록 이 정원은 결코 작은 규모는 아니었지만 정원치고는 큰 규모를 가졌다. 그치만 이 정원은 크기보단 아름다움에서 다가오는, 소소한 따뜻함을 안겨주는 정원이었다. 구경하는 사이에 정신을 차려보니 구석 벤치에 또래 남자애가 앉아 있었다.

"이런…."

나도 모르게 들킨 기분이 들었다. 그 순간 눈이 마주쳤다. 그리곤 침묵이 이어졌다. 자세히 보니 우리 반 남자애 남다현이었다. 잊을 리가 없다. 잘생긴 얼굴에 인기 많고 공부 잘하는 남자애는 누구나 기억하지 못하곤 못 배겼다. 하필이면 같은 반이라니. 어쩌면 상관없을지도 모른다. 남다현은 수학여행 때부터 쭉 학교를 빠져 우리 반 내 사정을 알 리가 만무했다. 문득 나의 퀭한 얼굴이 떠올랐다. 방금 울고 나온 얼굴을 감출 수 없었다. 긴 침묵을 깨고 먼저 파고든 건 남다현이었다.

"안녕?"

"안녕."

어느새 인사를 나누고 있었다.

"너랑 여기서 만나게 될 줄 몰랐네…."

웃음 섞인 목소리로 남다현이 대답했다.

"나도."

우린 여러 대화가 오갔다. 날씨가 춥다는 등 말이다.

"여긴 어쩌다가 왔어? 여기 사람들은 다 모르는 비밀 장소인데."

"그냥, 걷다 보니 여기더라."

여기 도착한 순간부터 모든 게 반가웠다. 오랜만에 제대로 된 대화를 하는 것 같았다. 남다현이랑 대화하다 보니 잊었던 감각들이 조금씩 느껴졌다.

남다현은 내가 무슨 꼴이든 어떤 사정이든 신경 쓰지 않는 건지 아니면 모르는 척해 주는 건지 얼굴에 대한 말은 꺼내지 않았다. 어쩌면 시원섭섭하게 고맙기도 한 일이었다. 중간중간 작게 읊조리는 웃음이 터져 나왔다. 이것 또한 오랜만이다. 여기 온 순간부터 잊힌 감각들이 솟아 나오는 기분이었다. 그 후로 자세한 이야기들이 오갔다.

"남다현 너는 왜 여기 있었어?"

"가끔 여기로 힘든 일이든 뭐든 답답하면 가끔 들르거든. 어렸을 때 처음 찾았는데 비밀 공간이라고 내가 맨날 여기 몰래 놀러 왔어."

"그래? 신기한 우연이네."

호기심이 생겼다. 작은 호기심이.

"너는 내가 왜 이 꼴인지 안 궁금해?"

"아니 너무 궁금한데?"

"그럼, 왜 아무 말도 안 하는데?"

"네가 부담스러울까 봐, 보아하니 울면서 뛰어온 것 같은데 그런 사람 내 궁금증 채우겠다고 닦달하기도 뭐하고. 그래서 입 닫았지."

"너 진짜 솔직하구나."

나는 장난스러운 남다현의 말의 웃음이 터졌다. 남다현이라면 말해도 괜찮을 것 같았다. 굳이 남다현이 아니더라도 털어놓고 싶었을지 모른다.

인연

✦

"그래서, 알려주지 않을래 네가 왜 울고 있었는지."

나는 엄마와 싸운 것부터 친구와의 갈등, 이현수와의 일들, 모든 것들을 쏟아냈다. 솔직한 심정으론 말하고 싶어서 입이 근질근질했다. 아까 전까지만 해도 나를 신경 써주지 않아서 다행이라느니 했지만 내 마음은 다른가 보다. 아무도 날 신경 쓰지 않았고 내 말을 들어주지도 않았다. 나의 말을 귀 기울여 들어준 것만으로도 따뜻한 사람으로 느껴졌기에 좋았다. 나에게 신경 써주고 배려해 준다는 게 달콤했다. 뭐 이런 사소한 것으로 김칫국 마시는 건 아니지만 구구절절 변명이다. 나도 모르게 사람의 온기가 그리웠나 보다. 내가 봐도 구질구질하다. 사적인 일을 털어놓으니 속 시원했다. 남다현은 조용히 들어주었다. 그것만으로 충분했다. 나에겐 최고의 청취인이었다. 말하면서 눈물을 흘리기도 했다. 남다현은 옆에서 조용히 위로해 주었다.

"너 정말 고생했구나."

"응."

이런 말도 들었다. 다른 사람들도 힘든데 왜 너만 이 모양 이 꼴이냐고 말이다. 다들 그런 말을 하니 난 내가 아무것도 아닌 일에 감정 부여나 하는 것 같아서 더 힘들었다.

"고마워."

"됐어. 고생한 건 넌데 나한테 왜 고맙냐."

남다현은 사람을 위로할 줄 아는 따뜻한 사람이었다. 학교에서 봤을 때는 알지 못했다. 다른 애들이 뒤에서 남다현을 욕하는 것도 들었다. 지금 생각하니 그 애들이 너무 우스웠다.

"그거 알아? 난 절대 도둑질을 한 적이 없어. 그런데 아무리 그렇다고 되뇌어도, 사람들이 나를 도둑이라고 몰아가면서 그럴듯한 이유로 계속 나를 깎아내리기 시작하면, 점점 미쳐버릴 것 같아. 내가 하지 않은 일인데도 죄의식이 생기고, 마치 내가 정말로 그런 짓을 한 것처럼 느껴지더라고. 억울해도 당당하게 있으면 오히려 나를 더 끌어내리려 하니까, 기분이 괜찮은 날에도 눈을 깔고 다녔어. 점점 사람들이 대놓고 욕해도 나도 모르게 받아들이게 되고, 결국 그런 유언비어들을 반박조차 못 하게 되더라. 그 수준에 도달하면, 나는 정말로 도둑년이 된 것처럼 가정사실화가 되어버려. 그래서 누군가가 나를 도둑년이라고 해도 반박할 수 없고, 속으로 아무리 부정해도 견딜 수가 없어. 나도 예전에는 학교폭력을 보면서 왜 피해자는 반박도 못 하고, 눈을 깔고 다니면서 당당하지 못할까? 라고 생각했어. 그때는 이해하지 못했는데, 막상 내가 당해보니까 알겠더라.

그건 심리적 압박이야. 그거 하나 때문에 매일 낭떠러지에 아슬아슬하게 서 있는 느낌이 들고, 마치 등을 떠밀리는 것처럼 공포 속에서 살아가게 돼. 그러다 보니 보호본능처럼 몸이 벌벌 떨리고, 정말 본능이란 게 무섭더라고.

상대가 주기적으로 나한테 상처를 주면, 어느 순간부터는 그냥 지나가는 사람만 봐도 피해의식이 생겨. 심지어 몸이 떨릴 때도 있어. 근데 이게 다 무슨 소용이야…."

흥분해서 구구절절 말했다. 부담스럽게 한 건 아닐까? 그래서 또 날 떠나면 어쩌지, 불안감이 엄습했다.

"나도 모르게 하소연했네. 미안해, 부담스러웠지?"

이 말을 들은 남다현은 말이 없어졌다. 놀란 듯하다. 아, 실수했다. 나도 모르게 울컥해서 감정을 쏟아내 버렸다. 동시에 조금 알 것 같았다. 내가 지금껏 그토록 끔찍이 두려워 벌벌 떨어대던 그것의 정체가 뭐였는지.

"아니, 난 괜찮아 사과하지 않아도 돼…."

침묵이 이어졌다.

"놀랐어. 그리고 몰랐어. 그렇게 심각한 일을 당했는지, 네가 어떤 감정이었는지도. 처음에 볼 때 느낌이 오더라고. 네가 지금 험난한 세상에 부딪혀 싸우다 온 거구나 하고. 고생했네."

다현이는 무덤덤하지만, 다정한 말투로 나를 위로해 주었다.

"고마워…."

나도 모르게 울컥했다. 방금까지 온갖 말들을 세상 밖으로 나온 감정들이 제 갈 길 모르고 헤매 다시 자기 자리로 돌아오는 듯하다. 눈물이 났다. 고생했다는 말 한마디가 날 더 비참하게 만들었다. 그리고 깨달았다. 고생했다는 말이 날 이해해 주었다. 그동안의 힘든 일들을 감싸안고 보듬어 주었다. 여기선 펑펑 울기만 한다. 시간이 지날 것 같았다. 꾸역꾸역 눈물을 삼켰다. 심각해지기 전에 대화 주제를 돌렸다.

"아, 너 왜 수학여행 때 안 왔어? 그 뒤에도 쭉 빠지더니."

다현이는 고민하다 대답해 주었다.

"음…. 어디서부터 얘기를 해주어야 할까? 사실 난 어렸을 때 해외에서 살았어. 엄마가 외국인이거든, 크게 싸우시고 시간이 지나면서 이혼하셨어. 그래서 나는 한국에서 아빠와 같이 살게 됐어. 시간이 지나면서 들은 소식은 엄마가 재혼하셨다고 하더라. 그런데 새아빠가 나를 한번 보고 싶다고 하셨나 봐. 원치 않았지만 어쩌다 보니 외국으로 며칠 살다가 다시 한국으로 돌아온 거야. 매번 순 제멋대로이시지."

조금 놀랐다. 다현이한테 그런 사연이 있는 줄은, 항상 얼굴에 한 점의 그림자도 없이 학교생활을 잘만 해서 그런 과거의 아픔이 있은 줄은 전혀 몰랐다.

"미안, 내가 아픈 부분을 건드렸나."

나는 멍청한 질문을 건네서 미안한 마음이 들었다.

"아냐, 괜찮아 이미 지난 일인걸."

머리 위론 바람이 지나갔다. 구름이 살짝 덮은 하늘은 세상일을 모르고 그저 맑았다. 우린 서로의 존재에서 위로를 느꼈다. 사람의 마음은 표현해야 안다지만 간혹 말하지 않아도 알 수 있는 것들이 있다. 지금이 그랬다. 그리 길지 않은 시간 동안 우린 그 누구보다도 서로를 의지했다. 참 웃긴 일이다. 낯설었던 사람이 이런 우연한 계기로 이리 친밀해질 수 있는지 그저 기묘하고도 달갑기만 한 사실이었다.

우리 사이는 그저 신기하기만 한 것은 아니었다. 그동안의 느끼지 못한 다양한 색채의 감정을 불러일으켰다. 시간이 날 때나 심심할 때 우린 그 연못에 모여 서로 간의 쉬어가는 그늘 속 산들바람이 되어주었다. 상황이 항상 좋지만은 않지만, 다현이랑 있을 때는 달랐다. 다현이와 같이 있을 때 나의 모습이 싫지만은 않았다. 그래서 다현이를 계속 찾게 되었고, 우리도 모르게 서로에게 많이 의지하고 있었을지도 모른다. 인생은 항상 평탄하지만은 않다. 그 당연한 사실을 잊고 우리는 각자만의 사연을 품고 살아간다. 그걸 같이 부둥켜안고 걸어갈 사람이 생긴다는 건 흔치 않은 행운이다. 기회는 아무나 오지 않고 올 때에는 꽉 붙잡아야 한다. 인생에는 한 번씩 귀인이 찾아온다는 말이 있다. 그 귀인이 서로일지도 모르겠다고 생각했다. 그리고 몇 주가 지나갔다.

개학

✦

　어느덧 시간이 흘렀다. 인생에서 가장 긴 여름이 지나가고 있었다. 어느덧 피하고만 싶었던 개학이 찾아왔다. 잠깐 다현이와 같이 지낸다고 나름 즐거워했던 시간은 안녕이다. 이제는 현실로 돌아와야 하는 시간이다. 그 전날 밤이 되니 불안감이 내 온몸을 휘감았다. 무감각해진 줄 알았던 감정들이 이제는 솟구쳐 올랐다. 초조해진 마음으로 뜬눈으로 밤을 새워야 했다. 등교 시간이 가까워질수록 울적한 마음이 커졌다. 이대론 영영 끝을 보지 못할 것만 같았다. 방학 동안 평생 누려보지 못한 감정들을 누려보면서 내 안에 무언가가 조금이나마 단단해진 걸 느꼈다.

반갑지 못한 학교 개학은 예전과 별반 다르지 않았다. 혹시나 하는 기대는 없었다. 옛 정으로 괴롭힘에도 계속 놓지 못한 감정의 끈을 이번 계기로 놓을 수 있어서 다행이었다. 이젠 오로지 증오만 남게 되어서 옛 정이고 나발이고 나는 이젠 이 상황이 다 무의미하다는 걸 너무 늦게 깨달았다. 괴롭힘을 끊어야 하는 필요성을 강하게 느꼈다. 사는 게 사는 것 같지가 않았다. 그리고 점점 학교에서 다현이하고 같이 다니는 시간이 생겼다. 다현이하고 같이 있을 때는 누구도 괴롭히지 않았다. 그 모습이 꽤 얍삽했지만, 그와 동시에 꼬시기도 했다.

"온유야, 우리 교실에서 나가자."

"응."

교실에서 나오고 다현이는 씩 웃더니 어디론가로 향했다. 따라오라는 듯 손짓하는 다현이를 따라가다 보니 나온 곳은 조금 낡았지만, 햇볕이 잘 드는 음악실이었다.

"헐…. 뭐야 이런 곳도 있었어?"

다현이는 뿌듯한 듯 말했다.

"내가 예전에 낮잠 잘 장소를 찾아다니다가 우연히 발견한 아지트야."

"그런데 우리 여기 써도 괜찮은 거야?"

"괜찮아, 알아보니까 이제는 아무도 안 쓰는 곳이래. 선생님도 이쪽은 안 오시더라고."

다현이는 익숙한 듯 문을 땄다. 오래된 자물쇠는 큰 공을 들이지도 않았는데 금방 문이 열렸다.

"자 이제 들어가자."

들어가 앞에 있는 교탁에 걸터앉았다.

"여기 진짜 아늑하고 좋다."

"그럼. 내가 얼마나 열심히 찾았는걸."

장난스러운 답변에 조금 웃음이 흘러나왔다.

"새 학기는 어때? 괜찮아?"

다현이는 아무래도 나를 걱정하고 있는 듯했다. 그래서 일부러 더 교실 밖 아지트로 데려온 듯하다.

"음…. 뭐 예전보단 무섭지 않았어."

"정말? 그것참 다행이다."

"그럼에도 힘든 건 어쩔 수 없더라. 너는 우울한 게 평균이 되는 기분이 뭔지 알아? 너무 힘들어서 매일이 암흑일 때. 내가 우울한지 구별이 안 되는데 그냥 앉아서 숨 쉬는 것조차 버거울 때 말이야."

"음…. 너의 감정을 완전히 아는 건 아니지만 그런 감정이라면 알 것 같아. 나도 방학 때 해외에서 눈칫밥 먹고 인종차별도 당했어. 계속 적응도 못 하고 전전긍긍하면서 마음의 병이 생겼었거든."

"지금은 어때?"

"우연하게도 방학일 때, 치료에 큰 도움을 준 좋은 친구 한 명 덕분에 지금은 괜찮아."

"그것참 감동이네."

다현이와 이야기하면 마음의 긴장이 풀어진다. 이런 마음을 뭐라 불러야 할까.

처음에 다현이와 같이 다녔을 때는 다들 놀랐다. 다들 왜 그러냐고 다그쳤다.

"다현아 우리 축구하러 가자. 너 계속 빠졌잖아. 쟤 좀 빼고 우리랑 놀자."

어떤 아이가 수군거리며 다현이한테 물어본 일도 있었다.

"다현아 너 온유랑 언제 친해졌어…? 그런 거 아니지?"

다현이는 그런 시선들을 피하지 않았다. 아이들의 회유에도 다현이는 입장을 확고히 했다. 그런 거 아니라고 방학 동안 친해져서 다니는 거라고 말이다. 항상 뭐가 이상하냐는 듯 말했다. 내가 그런 취급을 받을 존재인가 쓸쓸했지만 내 편이 생긴 것 같아 기쁘기도 했다. 그래도 여전히 문제가 해결된 것은 아니다. 현재진행 중인 문제들은 나의 가슴을 후벼팠다. 깊이 파고드는 감정의 뿌리가 깊숙하게 박힐수록 미치도록 괴로웠다. 시간이 지날수록 대담해진 이현수와 이채성은 남다현이 있어도 과감하게 괴롭혔다. 겁에 질린 것에 익숙해진 나는 또다시 방학하기 전에 나로 돌아가야 했다. 몸은 익숙하게 습관이 들여져 고개를 떨구고 몸이 경직되었다. 심해지는 괴롭힘과 같이 내 자존감도 내려갔다. 나라는 존재가 쓸모없게 느껴졌다. 내가 살아 숨 쉬고 공공장소에 나가는 게 사람들한테 불쾌감을 준다는 사실에 밖을 나가는 것이 꺼려졌다. 그러다 어쩌다 잠깐 나가면 주변에 반 애들이 없는지 불안했고, 얼굴을 숨기며 나갔다. 이젠 억울한 감정조차도 피어오르지 않았다. 분명 처음엔 결백하기만 했는데 지금은 이 모든 게 내 잘못이라고 생각하게 되어서 죄책감과 미안함에 얼른 사라져 주고 싶었다. 날 바라는 사람은 아무도 없으니까. 지금 날 바라봐 주는 다현이는 주변에 나보다 멋진 사람이 많으니까 겨우 나 하나 사라진다고 해서 그리 슬퍼하지 않을 것 같다. 사람 취급도 안 해주는 일이 다반사였다. 맨날 나만 동떨어져 있는 기분. 사람 취급도 안 해주는 나는 세상에서 가장 역겨운 괴물이었다.

괴물에 길들여진 아이

✦

　내 인생은 꽤 순탄했다. 남들보다 재력이든 외모든 뛰어났으니까. 태어날 때부터 남부럽지 않게 살았다. 고학벌에 조건 좋은 부모님 밑에서 태어났다. 내 인생에 굴곡이란 없었다. 부모님 말씀만 잘 들으면 끝이었으니까. 두 분은 유독 좋은 학벌에 집착했다. 조금만 뒤처지면 낙오자가 된다고 가르쳤다. 한참 어렸을 때부터 학원에서 밤까지 공부한 건 일상이었다. 두 분을 실망하게 하기 싫었다. 난 예쁜 딸, 잘난 사람이어야 했다. 남들도 가지지 못한 걸 이리 쉽게 쥐고 있는데 열심히라도 해야 했다. 그게 내 가치 증명이니까. 순종에 가깝게 살았다. 코피가 터져 옷이 피범벅이 되어도, 아무리 응급실에 입원해야 해도 손에 연필을 쥐고 공부했다. 내 인생은 공부와는 떼려야 뗄 수가 없다. 그 때 문인지 주위에는 사람들이 가득했다. 친구들은 항상 나에게 잘 보이려 애썼다. 그게 싫진 않았다. 오히려 마음에 들었다. 일을 핑계로 항상 바쁜 부모님은 나에게 완벽을 요구했다.

"현수야, 날 절대 실망시켜선 안 돼."

"현수야, 잘할 수 있지? 엄마 딸이면 이런 것쯤이야 거뜬하잖아."

"이현수, 넌 완벽해야 해. 내 딸이면 흠 따위 보여선 안 돼."

"이렇게 좋은 집에 태어나서 공부하는 걸 감사하게 생각해야 해."

귀에 딱지가 앉도록 들어야 했다. 날 딸보단 장신구로 생각하나. 유독 두 분 말씀은 거스르기 힘들었다. 금요일이었나? 첫 일탈을 한 날이. 계기는 단순했다. 평탄하기만 한 인생이 지루했다. 단순한 반항심도 있었다. 무섭고 두려운 두 분의 존재를 망가트리고 싶었다. 이렇게 하면 날 봐줄까? 온전한 나에게 관심을 가져주지 않을까?

"어서 오세요. ○○편의점입니다."

나는 인사를 가볍게 무시하고 자잘한 간식거리가 있는 코너로 향했다. 눈알을 굴렸다. 정당한 타이밍을 재야 했다. 눈치를 보다가 적당한 초코바를 주머니에 몰래 넣었다. 의심을 피하고자 먹지도 않을 과자 한 봉지를 계산하고 나왔다. 짜릿했다. 흥분감을 주체하기란 여간 어려운 일이었다. 내 안에서 도파민이 솟구친다면 믿어줄까? 태어나서 처음 겪는 황홀함이다. 그 뒤로 밥 먹듯이 도둑질을 일삼았다. 점점 대범해져 친구가 가진 고가의 물건을 훔치기도 했다. 어차피 안 들키면 그만 아닐까? 이런 게 도벽인가? 뭐 이 짓도 얼마 안 가서 금방 질렸다. 나에겐 더 큰 도파민이 필요했다. 이를테면 또 다른 일탈이라든지. 이 아이디어가 떠오른 다음 날 아침 만만해 보이는 애를 골라 조금 심심풀이로 골려줬다. 다들 처음엔 조금씩 소외시키다가 갈수록 무시하는 강도를 높였다. 천천히 몰락하는 애를 구경하는 게 내 삶의 낙이었다.

사건이 일어나는 건 순식간이었다. 그 멍청한 새끼가 날 고발했다. 부모님이 알아차리는 게 된 것도 순식간이었다. 결국 두 분이 돈을 쥐여주면서 적당한 선에서 끝났지만. 소문은 퍼질 대로 퍼졌다. 일파만파 퍼진 소문을 걷잡기엔 불가능했다. 결국 도망치듯 이사했다. 부모님에게 꾸중이란 꾸중은 다 들어야 했다. 그렇다고 일탈한 걸 후회한다? 웃기는 소리다. 감정이 복받쳐서 쓸데없는 소리를 해도 마찬가지다.

"엄마 날 제대로 봐주면 안 돼요? 나 좀 사랑해 줘."

"어머, 얘가 무슨 말을. 난 언제나 널 사랑하지. 현수야. 이건 단순한 사고였어. 엄마가 너한테 너무 무신경했다."

"…진짜로…? 거짓말하지 마. 날 제대로 봐주긴 했어요?"

엄마가 내 두 어깨를 손에 꽉 쥐고 말했다.

"응? 그러지 말고, 엄마가 미안해. 전학 가서 새 인생 사는 거야. 여기하고 멀리 떨어진 학교를 찾는다고 좀 후진 시골 학교로 가지만… 뭐 괜찮을 거야. 네가 더 열심히 하면 되니까. 누구보다 우월하게 살아야 해. 네가 망가지는 걸 두고 보기 힘들어. 이번 한 번만 용서해 주는 거야. 엄마 말 알아들었지? 넌 절대 나를 절대 실망하게 해선 안 돼."

돌아갈 길은 이미 막혔다. 이젠 돌이킬 수 없다.

내 판단은 간결했다. 저 괴물에게서 도망치자. 복수하자.

전학 간 학교 첫날이 왔다. 반을 들어서자마자 반 애들을 둘러봤다. 누가 중심이고 누가 내 손에 놀아날 앨까? 자리 잡는 건 쉬웠다. 어디를 가든 환영받았으니, 일도 아니었다. 내 말 몇 마디면 무리는 움직였다. 그 안에서 난 왕처럼 굴었다. 그래야 안전했으니까. 서온유, 걔 첫인상은 단순한 애였다. 눈에 잘 띄지 않는 성격, 실실 웃어대는 얼굴. 그리 인상적인 사람은 아니었다. 이런 애들은 건드리기 쉽다. 그렇다고 해서 예전처럼 심심하다고 괴롭히진 않았다. 부모님의 감시가 심해져서 까딱하면 들키니까. 좀 신경 쓰이는 구석은 서온유 걔가 눈에 밟혔다.

부모님은 같은 소리를 강조하듯 밥 먹듯이 일삼았다.
"너 잘해야 한다. 다시는 그런 일이 발생하기만 해봐. 입 막는 것도 일이란다. 어떻게 내가 여기까지 올라왔는데, 너 때문에 몰락할 내가 아니야. 넌 완벽해야 한다. 알겠지?"
하, 전학한 딸한테 하는 말이 이따위라니. 끝까지 이러는구나.

지갑은 충동이었다. 그날따라 부모님의 집착이 심해서 스트레스가 이만저만이 아니었다.
"현수야, 너 잘하고 있는 거 맞지?"
쉴 새도 없이 울려대는 휴대폰에 알람을 홧김에 껐다. 그러자 전화가 수십 통이 쌓였다. 아, 이렇게까지 해야 하나. 그때 눈에 들어온 건 이채성 가방이었다. 그 뒤는 늘 해왔던 방식. 들키지 않으리라는 자신감.

근데 그 애가 봤다. 내 하자를.

이렇게 된 이상 선택지는 하나였다. 날 지키려면 그 애를 무너뜨려야 했다.

"얘들아…. 사실."

난 거짓말을 하면서도 머리를 굴렸다. 죄를 뉘우치는 건 어려워도 덮어씌우는 건 간편했다. 한편으론 거슬리는 목소리가 속삭였다. 이 거짓말은 단순한 생존이 아니라, 나조차 괴물로 길들고 있는 증거라고. 그럴 리가 없다. 내가 두 분과 같은 사람일 리 없어.

얘들은 쉽게 믿었다. 어려운 수 따윈 없어도 나는 신임을 받았다. 대중은 언제나 강자 쪽으로 기운다. 나는 괴물이 되는 걸 멈출 수 없었다. 잡아먹히지 않으려면, 누군가를 잡아먹어야 한다. 이거야말로 단순한 진리라고 생각했다.

갈등

✦

　어느 작은 소문 하나가 원흉이었다. 질문은 눈덩이처럼 순식간에 커졌다. 사람들은 불어터진 라면은 싫어하지만 불어터진 소문은 좋아했다. 그리고 그 소문이 우리의 고비였다.

　오늘은 날씨가 흐렸다. 항상 가기 싫은 학교지만 오늘따라 무거운 몸을 일으키고 학교를 갔다. 교문을 통과하고 계단을 올라가 반에 도착했다. 반 문을 앞두고 들어가기가 망설여졌다. 인간의 감이 얼마나 무서운지 그날따라 평소와는 다른 느낌이었다. 그렇다고 해서 들어가지 않으면 다른 등교하는 애랑 마주칠 게 뻔하니 문을 밀어 열었다. 반에 들어서자 시끄럽던 아이들이 기다렸다는 듯 고요해졌다. 바보가 아닌 이상 나는 바로 직감적으로 알 수 있었다. 뭔가 사건이 터져서 유희거리가 된 것 같았다. 그 주인공이 나인지는 아직 확실치 않기에 묵묵히 자리에 가서 앉았다. 고요는 오래가지 못했다. 반 애들은 나지막이 작게 속삭이기 시작했다. 사건·사고는 한두 번이 아니니 익숙했다. 애써 무시하며 오늘 하루 시간표대로 교과서를 가져와 자리에서 정리하고 있었을 때였다. 아무리 듣지 않으려 해도 더 신경 쓰이는 건 어쩔 수 없었다. 조금씩 귀가 트이며 들려오기 시작했다.

"야 네가 가봐."

"뭐래 ㅋㅋ 그렇게 궁금하면 네가 보든가."

"아, 내가 어떻게 가는데. 한 번만 가줘라 응? 사실 너도 궁금하지? 소문이 사실이 아니면 어쩔래? 억울하게 다현이만 피해 본다고."

"아, 알겠어."

투덜거리는 대화 속에서 튀어나온 다현이라는 말에 온 신경이 저 대화로 곤두세웠다. 다현이에게 무슨 일이 생긴 것 같았다. 그러고 보니 오늘따라 다현이가 보이지 않는다. 아마 학기 초에 하는 담임선생님의 진로상담을 하러 간 것으로 보였다. 생각들이 뒤엉켜 나를 집어삼키려 할 때 성큼성큼 그 애가 나에게로 다가와 말을 걸었다.

"아… 음…. 저…. 온유야?"

갑자기 나한테 왜 말 거는 거지. 당혹스럽다고 말하는 말투로 굳이 찾아와 말을 건 건 대체 뭐 하자는 거지.

"아니, 난 아닌 거 아는데 다른 애들이 하도 난리라서. 너도 알다시피 다현이가 그럴 일 없는데, 다현이에게 피해가 가면 곤란하잖아?"

뭐 어쩌라는 건지. 아까부터 거슬리는 말끝마다 다현이 타령. 언제부터 친했다고 그러는지 모르겠다. 그래도 다현이와 관련된 얘기라서 차마 무시할 수가 없었다. 그 애는 내가 대답이 없자, 몸을 배배 꼬며 머뭇거리다 말을 이어갔다.

"너 다현이하고 사귄다는 거 사실이야?"

"뭐라고?"

놀라서 나도 모르게 되물었다. 어이없다. 왜 항상 이런 일은 갑작스럽게만 찾아오는지.

"아니, 너랑 다현이랑 사귀냐고."

다소 거칠어진 어투로 다시 질문이 날라왔다. 당연하게 나를 내리까는 화법에 진절머리보단 우울해졌다. 나는 곧바로 대답했다.

"사귀는 거 아니야."

심통이 났다. 내가 다현이를 망치는 것 같은 기분이 든다. 아름다운 작품에 검은 페인트를 들이부은 그런 기분이었다. 다들 나를 바이러스 취급한다. 한껏 구기고 막 다루는 낙서장같이 나를 대했다. 그런 취급에서 비롯된 낮아진 자존감은 곧 행동으로 새어 나왔다. 너무 나한테 미안했다. 다현이에게도 미안했고 나를 망가트린 나를 이유 없이 원망하는 현수에게도 미안했다. 알 수 없이 늘어나는 근거 없는 죄책감은 항상 나를 작아지게 했다. 나도 물론 알고 있다. 나에게 아무 잘못이 없다. 그런데도 괜스레 다현이에게 미안한 감정이 들었다. 내가 옆에 있으면 항상 안 좋은 일이 생기고 주변 사람들에게 피해만 끼치고 있다는 생각이 머리를 떠나지 않았다. 우리 반의 암 덩어리인 나는 항상 제거 대상이었다. 이토록 괴로울 일이라면 차라리 정말 사라져 주는 게 모두에게 이로운 일이 아닐까. 항상 의심에서 확신처럼 가까워질 때 사무치게 울고 싶어진다. 한없이 여려진 마음에 오늘을 살아갈 힘을 잃었다. 외로운 줄타기를 하지도 오래다. 이젠 지겨울 때도 됐다. 정말 이대로면 내 촛불이 꺼질 것 같아 두려워 2교시가 끝나고 다현이에게 말없이 조퇴했다.

　걷는 동안 몸 안을 가득 채운 부정적인 감정들이 조금은 옅어졌다. 지금쯤이면 쉬는 시간일 텐데 다현이는 과연 지금 나를 찾고 있을까. 아니면 다른 친구들과 같이 놀까. 아무래도 상관없다. 생각에 빠져 있다 보면 괴로워진다. 그러니 그냥 지금에 집중하기로 했다. 모든 것에 회피하고 싶었다. 어째서인지 집에 돌아가고 싶지 않았다. 꽉 막힌 공간보단 환기가 필요했다. 가만 생각하다가 한 장소가 불현듯 떠올랐다.

 오래된 것들에게는 힘이 있다. 그것들에겐 세월이 묻어나와 보는 이에게 하여금 애틋함을 자아낸다. 누구든 추억에 잠기기도, 헤엄치기도 하며 서로의 삶을 유영한다. 간혹 삶을 유영하다가 난처한 장애물에 지쳐 나가떨어져서, 벅차오르는 한숨을 몰아쉬고 있을 때면 힘차게 헤엄치던 과거를 떠올리기도 한다. 장애물 따위는 힘차게 걷어차며 헤엄칠 기력이 몸속에 존재했던 소중한 시절의 기억을. 그리움에 못 이겨 그것들을 만나면 과거에 청춘과 순수를 생각하게 만든다. 잠시라도 망상인지 몽상인지 모를 과거로 돌아갔으면 하는 생각에 젖어 잠시나마 현재를 망각한다. 나에게도 그런 애틋함이 소용 있길, 유효하길 바라며 그곳으로 달려갔다.

 "오래간만에 오네…."
 무심코 찾아온 정원이었다. 다현이와의 추억이 고스란히 주마등처럼 지나갔다. 이곳에서는 숨통이 트인다. 내가 나로 존재하지 않아도 되는 공간. 나에게 있어서 정원과 다현이는 그런 존재였다. 나뭇잎 사이로 햇빛이 떨어지고 새가 지저귄다. 연못 속에선 내려오는 햇살과 물속 경계가 흐트러져 각자만의 방식으로 서서히 빛나고 있었다. 제자리에 항상 고요히 떠 있는 수련이 유독 아름다워 보이는 오후였다. 나는 벤치에 누웠다. 옷이 바스락거리는 소리조차 아름답게 들렸다. 바람결에 나무는 살랑이며 춤을 췄다. 어쩌면 정말 지금 이대로 시간이 멈추면 좋을 것 같았다. 사람들 속에서 사람으로 존재하지 못하면 사람이 없는 곳으로 가면 된다. 그곳에서는 사람이든 아니든 상관이 없다. 결국 그런 정의와 규칙은 사람의 것이었다. 나는 정원의 품에서 잠들었다.

  선선한 바람이 뺨을 스쳤다. 오랜 시간 동안 긴장해 와서 그런지 이 잠은 계속 버티다가 간만에 맞이하는 휴식이었다. 이렇게 기분 좋게 일어나는 것도 오랜만이었다. 산뜻하게 내려오는 햇살과 그와 어우러지는 풍경들은 나의 기분을 한껏 편안하게 만들어 주었다. 상쾌한 기상으로 몽롱한 기분이 몸을 감쌌다. 축 늘어져 편안해진 나의 몸 상태는 그 어느 때보다 활기가 도는 듯했다. 핸드폰 시계로 시간을 확인했다. 생각보다 꽤 오랜 시간 잠들어 있었다. 2시간이나 자고 일어났다. 다들 학교에서 공부하는 동안 정원에서 낮잠을 자다니, 나도 모르게 작은 일탈을 하는 기분이 들었다. 이 시간대에 평소와 달리 정원에 있다는 사실이 한 번 더 붕 뜨게 만들어 줬다. 한적한 공간이 좋았고, 온도와 추억이 묻어 있는 공간이 좋았다. 이대로라면 시간이 멈춰도 좋겠다고 생각했다. 예전에는 밥 먹듯이 찾는 집이 이젠 날 속박했다. 이 정원이 나에게 있어 집 같은 영역일지도 모르겠다. 하루의 작은 틈새 속 여유를 즐기고 싶어 멍하니 호숫가 주변을 응시했다. 그러다 보니 문득 스치는 생각들이 있었다. 오랜 불행부터 최근의 근심까지, 평안을 즐기려 할 때면 수도 없이 걱정이 앞선다. 오늘 아침에 있었던 일들이 기억나기 시작했다. 내가 여기로 도망쳐 온 이유이자 원흉. 도저히 볼 자신이 없다고 해도 나에게는 다현이는 소중한 사람이었다. 한순간의 물살로 물러서면 그 뒤는 없다는 생각에 불안이 스며들었다. 새소리는 잠시 잦아들었다. 바람이 잔잔히 불다 이내 잠시 걷어냈다. 모든 것들이 나 빼고 고요해졌다. 밖이 조용하니 안쪽이 시끄러웠다. 여러 인격을 가진 나의 목소리는 끊임없이 말을 걸어온다. 귓가에는 후회 섞인 목소리가 잔향처럼 남았다. 습관처럼 후회를 반복하다가 결국에서야 넘쳐버리면 감정을 말끝으로 토해냈다.

"그러지 말걸…."

계속되는 과거로의 기억 속 여행을 하면 이내 나를 부정해 버린다. 감정을 토해내면 이내 모든 것이 고요해진다.

"다현이에게 언질이라도 주고 조퇴할 걸 그랬나."

고개를 숙였다. 항상 내 시야 아래에 머물러 익숙한 몸뚱어리가 보인다. 손끝을 움직여 보았다. 벤치의 거친 나뭇결이 느껴졌다. 귓가에는 아무 소리도 들리지 않았다. 잔잔히 멈춘 풍경에서 감각들이 살아났다. 이 평화가 깨질까 봐 두려웠다.

'사박사박'

입구 쪽에서 사람의 발소리가 들렸다. 점점 선명해진다. 내게로 다가온다. 외진 곳이라 사람이 발길이 끊긴 거로 알고 있다.
"사람이 들어왔나? 아니야, 아닐 거야."
하지만 그 걸음걸이, 숨소리 익숙했다. 너무 익숙해서, 차라리 낯선 사람이었으면 싶었다.
곰곰이 생각해 봤자, 여길 찾아올 인간상은 내가 아는 사람 중 한 명뿐이었다.

"찾았다."

한없이 다정한 말투로 방긋 웃으며 다가왔다.
마주칠지 전혀 예상 못 했다. 눈이 마주쳤다. 입이 열리지 않왔다. 눈동자 하나로 모든 게 되감기는 기분이었다.

"한참을 찾았잖아, 내가 얼마나 애썼는데."

장난스러운 한마디가 날라왔다. 숨을 헐떡이면서 일부러 평소처럼 다가오는 너를 뿌리칠 수가 없었다. 소문이 신경 쓰여서 다현이 얼굴을 보지 못하겠다는 걱정은 우습게 날아갔다.

"여긴 어떻게 왔어?"

찾아와서 고맙다는 의미를 전달하기 위해 우리 사이에 통용되는 화법으로 인사했다.

"아니, 그냥 네가 숨고 싶을 땐 여기 오잖아."

"관찰 일기라도 쓰냐?"

"써볼까? 제목은 '어디까지 도망치는가'로."

이 말투는 내가 항상 다현에게 친밀함의 표시로 애용하는 말투이다. 우리만의 알아들을 수 있는 언어로 만나서 반갑다고 말하고 있었다.

"그냥, 오늘따라 버티기 힘들어서 학교에서 확 달아나 버리고 싶었어."

"…진작 말했으면, 같이 도망쳐 줄 수도 있었는데."

다현이는 웃었지만, 눈가엔 지친 기색이 조금 남아 있었다.

"내가 어떻게 너한테 말하냐."

"말 못 할 것도 없구먼."

"네가 그러면 다음에 진짜 같이 도망치자고 한다?"

"얼마든지."

둘 다 웃음이 터졌다. 나긋하게 정원에서 시간을 보내는 게 오랜만이었다. 다른 누구와의 대화에서 유일하게 같이 즐겁게 웃을 수 있는 사람이었다.

"너 그러다 인기 떨어져. 나랑 있다는 이유로 너 욕 먹는 것도 모르지?"

"아니, 알지. 근데 오늘 아침에 그런 사건이 있는지 모르고 있었지. 그래서 나한테 말도 없이 조퇴했구나."

"그냥…. 말하고 싶지 않았어. 그런다고 뭐가 바뀌는 것도 아니니까."

"그래도… .나한테는 말해도 됐잖아."

"됐어. 너까지 피곤하게 만들기 싫었어."

"내가 널 피곤하게 한 적 있었어?"

말문이 막혔다. 피곤하게 만든 적 전혀 없었다. 오히려 즐거움이 되어줬던 순간이 많았다.

결국 아무 말도 못 하고 고개를 떨구었다. 정적이 흘렀다.

"난 괜찮아."

"뭐?"

"너. 나 걱정했잖아."

"뭐래…."

"나 진짜 괜찮아. 그런 애들보다 네가 훨씬 좋아. 정말로. 그래서 나도 조퇴하고 왔잖아. 너 없이 나 혼자 학교 어떻게 버티냐."

"나 없이도 잘 살 수 있거든?"

"아무렴, 어때. 지금은 너랑 같이 있잖아."

이런 대화가 좋았다. 나를 항상 신경 써주는 다현이가 고마웠다. 멈췄던 시간이 다시 흘러갔다. 항상 어둠에 잠식당하기 전에 아슬하게 다현이는 내게로 다가왔다. 우리의 대화는 그리 많은 말을 주고받지 않았다. 가끔은 말하지 않아도 서로 알 수 있는 것들이 있다. 서로 이걸 잘 알았고 우리는 우리만의 언어로 교감했다. 주위에는 푸른 나무들이 무성했고 하늘은 세상일 모른 채 그저 해맑았다. 우리 사이에 틈으로 산들바람이 스쳐 지나갔다. 바람이 머리칼을 쓰다듬곤 홀연히 사라졌다. 그리운 부모의 손길처럼 느껴지는 애정이 고향의 향처럼 푸근했다. 무더운 여름답지 않았던 그날은 푸른 하늘에 시원함이 감겨오는 날씨였다. 조용히 귀를 기울이면 들리는 작은 생명들에 소리는 우리를 가라앉게 했다. 눈을 감아 고요를 만끽했다. 침묵에서 다현이의 한마디가 잠자코 있던 우리의 시간 선을 다시 흐르게 했다.

"그거 알아? 넌 참 특별해."

"갑자기 무슨 뜬금없는 소리야."

나지막이 웃음이 새어 나왔다.

"괜한 말 하는 거 아니야. 너라서 말하는 거야. 나 진심이거든."

"그거참 감동적인데."

"그래? 감동적이야? 그럼, 이 말만 줄곧 해줄게."

그렇게 우리의 시간은 계속 흘러갔다. 유난히도 아름다운 풍경은 우리를 취하게 했다. 감상에 젖은 우리는 하염없이 풍경을 둘러보아도 외롭지 않았다.

폭로

✦

오늘 아침은 가벼운 몸으로 기상했다. 오래간만에 하는 상쾌한 기상은 내 기분을 나른하게 만들게 했다. 이 기분을 깨고 싶지 않았다. 그럼에도 학교에 등교는 해야 했다. 그래도 오늘 일찍 눈이 뜨여서 여유롭게 준비할 수 있었다.

"온유야, 일어났어?"

"응, 엄마도 잘 잤지?"

"응."

우리 모녀 간의 아침을 맞이하는 인사를 했다. 계속 말하지만, 엄마와 그리 친한 사이는 아니었다. 하지만 어느 순간부터는 서로 마주칠 때 인사하는 건 우리 집안에서 생긴 오래된 규칙이었다. 좋은 하루의 시작이다. 내 하루는 항상 시작이 어떻든 끝은 늘 같았기에 기대는 품지 않기로 했다. 엘리베이터를 타고 내려오니 앞에 익숙한 뒷모습이 보였다.

"어!"

"좋은 아침."

다현이는 능글맞게 아침 인사로 대꾸했다. 이리 일찍 마주친 건 처음이라 더 반가운 마음이 들었다.

"센스 있네. 보고 싶었는데."

"내가 좀 너한테 관심이 많아서 말이야. 이 정도는 기본 소양이지."

우리는 반갑다는 듯 서로의 암호로 말하고 있었다. 누구보다 서로를 잘 알기에 가능한 대화였다. 어제 일로 전보다 더 돈독해졌기에 더 살가워진 언어로 암호를 심화하기가 가능했다. 우리는 서로 발걸음을 맞춰 걸었다. 오전 시간대에 걸맞은 눈부신 햇빛은 우리와 부딪혀 둘뿐인 실루엣인 그림자를 만들어 냈다. 학교는 가는 것은 끔찍하다만 그런 나마저도 이런 등굣길이라면 몇 번이라도 좋았다.

"어때? 오늘 기분은."

"가상할 정도로 완벽한 아침이라고 말할 수 있겠네."

"좋은 소식이네."

다현이는 큰 공을 세웠다는 듯 기뻐했다. 성숙한 다현에게 보기 드문 어린아이같이 천진난만한 미소를 지었다. 나에게 특별해진 다현이의 미소가 정말 귀하게 여겨졌다. 어렴풋이 잔향처럼 미소를 줄곧 지켜주고 싶다고 생각했다. 이런 나에게도 지키고 싶은 것이 생겼다.

"그렇게까지 기뻐할 소식이었어?"

"넌 아직 잘 모르는구나. 내가 말했잖아. 넌 특별하다고. 특히 나한텐 더욱."

다정한 대답이 들려왔다. 나 자신마저 사랑하지 못하는 나인데, 이리도 나를 소중히 여겨줘서 고마울 뿐이었다.

어느새 학교에 도착했다. 시간이 조금만 느리게 흐르길 기대했지만, 결코 기다려 주지 않았다. 우리는 금방 우리 반 문에 도달했다. 괴롭힘 이후에는 교실 문과 밖에는 동떨어진 세상 같았기에 항상 문을 열 때는 긴장을 하게 됐다. 평소보다 무겁게 느껴지는 손으로 덥석 손잡이를 잡고 문을 열었다. 반 아이들은 갑자기 쥐 죽은 듯 조용해졌다. 데자뷰다. 늘 큰 불행을 예고하는 신호는 이런 식이기에 익숙해질 법도 했다. 예고편이 있는 불행이라서 오히려 다행일지 몰랐다. 나는 흘겨보는 시선을 한 몸에 받고 자리를 찾아가 앉았다. 그 흐름은 너무 클리셰적이라서 놀랍지도 않다. 짜인 듯 같은 장면이 여러 번 반복 재생하듯 똑같은 각본 같았다. 그다음은 뻔하다. 슬슬 수군거림이 들려온다.

"야, 진짜야?"

"보면 몰라? 증거가 너무 빼박이잖아."

또 그 둘이다. 맨날 나에게 소문을 전해주는 라디오 같은 애들이다. 다현이와의 사귄다는 소문도 저들 때문에 알았다.

"야, 아무리 그래도 좀 이건 아니지 않아?"

"개 소름 돋네."

여러 번 해서 질리지도 않는지 같은 시나리오에 대화 흐름이다. 소문은 늘 이렇게 퍼진다. 그게 진실이든, 거짓이든 의혹에서 피어난다.

"이현수 진짜 미친 거 아니야? 개쪽팔리겠다."

"야 미친놈아, 조용히 해. 들으면 어떡해."

애들 입에서 "이현수"가 나왔다. 틀림없이 이번엔 이전과 다른 흐름이었다. 그러고 보니 평소와 조금 다른 부분이 있었다. 다들 나는 증오하는 눈으로 보지 않는다. 이젠 이 각본에 변화의 필요성을 느꼈는지 다른 예측할 수 없는 소문이었다. 대체 무슨 소문이 돌면 이현수 이름이 나왔을까. 분명 이 사건에는 이현수와 관련된 건 틀림없다. 하지만 이현수의 소문은 각본이 조금 달랐다. 애들은 조금 눈치 보는 분위기였다. 나였으면 지금쯤 욕을 들었을 텐데 이현수이기에 가능했던 걸까. 너무 불공평했다. 문득 이현수 상태가 궁금해진 나는 이현수 자리를 조심스레 뒤돌아봤다. 잠깐이나마 본 이현수의 상태는 매우 양호했다. 평소와 같은 웃음기를 머금고 있는 얼굴이었다. 철저하게 행동했다. 내가 봐도 놀라울 정도로. 애들은 이현수가 분명 방금 그 둘의 대화를 들었다고 생각했는지 이현수의 자리를 더욱 열정적으로 자연스러운 척 훑어봤다. 이현수는 평소 일상처럼 가만히 있을 뿐이었다. 그리곤 간을 보는 아이들 중 가십거리를 좋아하는 애들이 조금씩 속삭이며 한마디씩 거들었다.

"이현수 쟤 아무렇지 않아 보이는데."

"미친, 그래도 죄책감이라도 느껴야 하는 거 아니냐?"

"레알, 그러니까."

이들을 기점으로 작은 속삭임은 큰소리로 번졌다. 화젯거리는 좀처럼 식어들 줄 몰랐다. 반 애들은 점점 대담해졌다. 이내 누가 제일 욕을 잘하는지 챌린지처럼 번졌다. 겉으론 도덕적으로 우월한 자기들의 정의 구현하는 거겠지만 실상은 이현수보다 더욱더 악랄하게 기뻐하며 뜯고 씹어먹으며 즐겼다. 이현수는 꿋꿋하게 조용히 수업을 기다렸다. 아무 미동 없는 목표물을 본 애들은 곧이어 행동으로 옮겼다.

"야, 이현수 네가 훔쳤다며?"

평소 선동하길 좋아하는 사춘기 남자애가 다가가 비웃음과 함께 말했다. 이현수는 정색하며 강단 있게 대답했다.

"야, 작작 해라."

남자애는 아마 예상한 반응이 나오지 않았는지 주춤했다. 상황이 심상치 않았다. 점점 악화해 간다. 그제야 옆에 있던 이채성의 상태를 보았다. 이채성은 이현수와 정반대로 불안에 떨고 있는 모습이 한눈에 보였다. 손톱을 뜯고 머리를 계속 쓸어 넘겼다. 동공은 흔들리고 몸이 가만히 있지 못했다.

"야! 여기 있는 애들 다 알아 네가 이채성 지갑 훔치고 서온유한테 덮어씌우고 괴롭혔잖아. 지금 난리 난 거 몰라? 학교 익명 게시판에 올라온 게시물 아무도 못 본 사람 없을걸?"

뭐야? 방금 그 시비 걸던 남자애였다. 자존심이 상했는지 버럭 소리를 질렀다. 꼴에 자존심 상했는지 더 심하게 까불며 약 올리면서 말했다. 방금 발언에서 가장 중요한 걸 주워들었다. 익명게시판에 뭐가 올라왔길래. 나는 곧장 놀란 가슴을 진정시키고 익명게시판에 들어갔다. 게시판 인기 게시물로 가장 처음 뜬 걸 틀었다. 내용을 보고 경악했다. 게시물엔 우리 학교 학생 중 브이로그를 찍은 학생의 영상 일부분과 단체 사진에 이현수만 빼고 모자이크되어 있었다. 떨리는 손을 부여잡고 영상을 재생시켰다. 영상에는 브이로그를 찍는 학생의 어깨 뒤에서 이현수가 도둑질하는 장면이 고스란히 클로즈업되어 있었다. 당연하게도 영상 속 도둑과 단체 사진 속 이현수의 착장은 완벽히 일치했다. 온몸이 떨렸다. 그토록 바라온 순간인데도 그리 기쁘지 않았다. 오히려 더 불안해졌다. 내가 게시물을 올렸다고 생각해서 보복할까 봐 두려웠다.

"하…. 이게 미쳤나."

이현수가 역겨워 하는 듯한 눈빛으로 남자애를 경멸했다. 그 남자애는 분해하며 부들부들 떨었다. 애들은 계속해서 눈치를 보기 시작했다.

"솔직히 맞긴 하지."

"이건 반박 불가지."

"뭐야? 무슨 일인데?"

"무슨 일인데?"

"미친 뭔 일 일어남?"

아직 소식을 알지 못한 애들이 사건의 경위를 알기 위해 질문을 쏟아내기 시작했다.

"아니, 익명게시판 있잖아. 거기에 이채성 지갑 훔친 범인, 사실은 이현수라잖아."

"뭐? 구라 치지 마. 진짜로?"

"레알임. 내 말 못 믿어? 자, 봐봐 여기 영상하고 이현수가 입었던 옷이랑 똑같아. 완전 빼박 아님?"

점점 여론이 뒤바뀌었다. 애들은 열띤 토론을 펼치기 시작했다. 그 애의 작은 수다로 여론이 완전히 반전되었다.

"이 정도면 그냥 진짜 아님? 뭐라 할 것도 없이 증거가 걍 완벽한데."

슬슬 조용히 눈치 보던 애들마저 합류했다. 그렇게 시작되었다. 자기가 생각하는 정의에 어긋난 비윤리적인 사람들을 심판하는 놀이가.

"서온유가 훔쳤다는 것도 이현수 소문냈잖아?"

"나도 들음. 이현수가 훔친 걸 봤다고 얘기하고 다니던데?"

"와…. 씨 그럼 지가 훔쳐놓고 서온유한테 덮어씌운 거야? 완전 악덕인데. 완전 계획적으로 의도한 거잖아."

"개 소름…. 이현수 그렇게 안 봤는데."

소위 말하는 노는 남자애들은 더할 나위 없이 즐거워 보였다.

"ㅋㅋㅋ 이현수 인생 망했노."

분위기는 점점 심각해졌다. 와중에 자기 머리채를 움켜잡던 이채성이 가만히 듣다가, 일어나 이현수에게 괴성을 질렀다.

"미친 건 너겠지…. 너 진짜 쓰레기 아니야? 그만 거짓말이나 하고 진짜. 내가 속아 넘어가서 얼마나 우스웠겠냐. 넌 내가 우스웠겠지, 나쁜 년아."

이채성은 자기가 속았다는 분노에 사로잡혀 있었다. 분노 속엔 나에 대한 미안함이 없었다.

"뭐라고? 너 뭐라고 했냐."

평정심을 유지하던 이현수의 고삐가 풀려버렸다. 둘이서 소리를 지르며 싸우기 시작했다. 구경꾼들이 몰려오는 건 순식간이었다. 우리 반은 순식간에 아수라장이 되었다. 조회 시간이었지만 선생님들은 회의가 있었는지 늦게 도착해서 급히 아이들을 제지하려 들었다. 그걸로 오랜만에 터진 최상급 먹잇감을 놓칠 애들이 아니었기에 선생님들도 휘말렸다.

"이게 무슨…."

"온유야 가자."

다현이는 멀리서 충격에 휩싸여 방황하는 나의 손을 이끌었다. 순식간에 아수라장에서 빠져나와 조용한 음악실에 데려다주었다. 내가 안정을 취하도록 하는 다현이의 배려였다. 혼란스러운 게 한두 개가 아니다.

"이게…. 다 진짜라고…?"

도저히 믿기 힘들었다. 감정들이 후폭풍처럼 휘몰아쳤다. 문득 처음으로 괴롭힘이 시작되었을 적이 떠올랐다. 내 말을 들어달라고 말해봤자 아무도 들어주지 않았던 그때가 눈앞에 훤히 보였다. 한 치 앞도 알 수 없는 바닷속에서 소용없는 발길질로 더 깊이 빠져드는 처절함과 몰락감이 나를 주저앉게 했다. 막상 교실에서는 아무렇지 않았다가 조용한 음악실로 오니 현실감각이 되살아나서 실감이 나기 시작했다. 그토록 추락을 바라왔던 둘의 추락을 봤지만, 전혀 통쾌하지 않았다. 둘의 모습에는 과거에 괴롭힘에 어쩔 줄 몰라 불안에 떨며 발만 동동 굴리던 그때의 내가 사무쳤다. 괜한 생각으로 머리만 더 복잡해졌다. 하루아침에 내가 받아온 고통이 아무것도 아니게 된 기분이었다. 모든 게 허무하게 느껴졌다. 내 속 안은 텅 빈 깡통 같았다. 단전에서 올라오는 공허한 기분이 들었다. 휘몰아치는 감정에 숨이 가빠져 왔다. 날 지켜본 다현이는 조용히 등을 토닥여 주었다. 다정한 손길에 정신이 번쩍 들었다. 분명 과거에 일에 얽매여 있다. 그 일을 겪고 나서 무의미한 자기반성을 했다. 습관처럼 다시 돌아가 과거 나의 모습을 반복해서 재생했다. 서서히 나의 내면 목소리가 들렸다. 왜 그때 그 사건을 미리 대비하지 못했을까. 도대체 왜 나는 더 현명하게 대처하지 못했는가. 애초에 학교에 오지 않았다면 달라지지 않았을까. 그렇다면 차라리 태어나지 않았다면 어땠을까. 조용히 들려오는 목소리는 나에게 미치는 영향까지는 작지 않았다. 이제 조금 나를 이해하게 되었다. 이토록 내가 괴로웠던 이유가 희미하지만 보인다. 그런 내가 너무 불쌍해서 울음보가 터졌다. 바닥에 눈물이 하나둘씩 떨어진다. 다현이는 따뜻한 품으로 살포시 안아줬다. 그런 일을 겪은 내가 안타까웠다. 앞으로는 이런 감정을 느끼고 싶지 않았다. 나에게는 대안이 필요했다.

"나 이제 어떡하지. 앞으로는 뭘 해야 좋을지 모르겠어."

"그럴 땐 넌 그냥 너답게 살아가면 되는 거야."

"나다운 거란 게 뭔데."

"널 사랑하고 삶을 사랑해야지."

"그런 게 가능해?"

"너라면 가능해."

"세상 무엇 하나 내키지 않아. 나는 아직 그대로야. 다른 사람들은 어엿하게 잘만 살아가는데 나는 그러지 못해. 나는 아직 너와 처음 만났던 정원 속에서 멈춰 있나 봐."

"나도 그 정원 속에서 멈춰 있어. 세상 다 저버리고 싶은 날에 눈시울 붉어져선 내게로 온 너를 잊지 못해. 그때 코끝에서 맴돌던 여름 공기와 시원한 바람의 향기를 말이야. 단연코 너와 알게 된 건 내 인생 최대 업적이라고 자부해."

겨우 그쳐가던 눈물이 다시 고였다. 다현이에게서 느낀 온기가 믿을 수 없이 따뜻해서 차가운 내 마음을 녹였다. 이런저런 복잡한 겉치레는 필요 없었다. 아무 조건 없이 주는 배려가 감사할 따름이었다. 얼굴 굴곡을 따라 타고 내려온 눈물이 턱 끝에서 떨어졌다. 때마침 창가에는 눈부신 햇살이 반짝였다. 다현이의 동공에 내 얼굴이 반사되었다. 펑펑 울던 내 모습은 어렴풋이 보자니 엉망진창이었다. 다현이는 그런 나를 애정이 깊던 얼굴로 바라봐 주었다. 안심하라는 듯 입꼬리를 살짝 올려 온화하게 미소 지었다. 자꾸만 입술 끝이 떨렸다. 나는 입을 앙다물었다. 하지 못해 고여 있던 말, 하나만 말했다. 짧지만 굵은 한마디였다.

"너라서 다행이야."

"정말?"

내 말을 들은 다현이는 장난스레 재차 물었다. 나는 그걸 진지하게 맞받아쳤다.

"응, 진심으로."

그날의 우리 사이는 예전과 다르지 않았지만 재차 깊어졌다.

기류

✦

    기존과 다른 마음으로 하루를 시작했다. 오해가 풀리면 속이 시원할 줄 알았지만 정작 현실은 그러지 않았다. 학교에 가면 어떻게 행동해야 할지 감초자 잡히지 않았다. 사건의 진실이 폭로된 지금, 다른 애들은 나를 어떻게 생각할까. 미안해하기는 할까. 결국 다시 내 탓으로 돌릴까. 1층에 도착한 엘리베이터 문이 열렸다. 아파트 문 앞에 다현이가 서 있다. 내가 신경 쓰여서 오늘도 찾아온 모양이다. 나는 그런 다현이의 마음을 알기에 조용히 다가가 몰래 팔을 쿡 찔렀다.

    "어, 뭐야."

    "놀랐어?"

나인 걸 확인하자 다현이는 놀란 얼굴에서 곧바로 심술궂은 얼굴로 변했다.

"너 나한테 장난친 거야?"

너도 당해보라는 듯, 손가락으로 쿡쿡 찔러 나를 간지럽혔다.

"으악, 미안! 하지 마."

다현이는 만족스럽다는 듯 눈썹을 치켜올리곤 내 반응을 살폈다.

"어때? 오늘의 기분은."

"학교 가기 싫다."

"이럴 줄 알았다."

대답을 들은 다현이는 안심하곤 같이 학교로 향했다.

우리가 도착한 교실은 조용했다. 반대로 기류는 고막이 터지라 시끄러웠다. 어제 일로 너도나도 바짝 긴장해서 눈치를 살핀다. 그 중심에는 역시나 이채성과 이현수가 자리 잡고 있었다. 익숙한 써늘한 분위기가 아니었다. 이것 또한 같은 계열이지만 다른 점은 나의 처지가 변했다는 것이다. 괴롭힘을 받았을 때와는 달랐다. 모두가 가십거리에 흥미로운 듯 주변을 살핀다. 서로 논란이 일어나 피곤하다지만, 속에서 나오는 궁금증은 감출 생각이 없어 보였다. 와중에 사건의 중심인물인 이채성과 이현수는 놀랍도록 최대한 침착한 모습이었다. 묵묵히 어떠한 반응도 내주지 않았다. 특히 나와 관련된 것이라면 더욱 예민해졌다. 폭로 이후 그 둘은. 나에게 어떤 말도 하지 않았다. 원망도, 부정도, 사과도 없었다. 끝까지 침묵으로 일관할 뿐이었다.

"완전 적반하장 아님? 존나 어이 없네. 자기가 잘못해 놓고 뻔뻔함;;"

"얼굴에 철판 깔고 학교 다니네."

애들은 이채성과 이현수를 피하기 시작했고 점점 둘은 소외됐다. 학교는 사건 진상조사니, 선도부니 하는 걸로 꽤 시끄러웠다. 나는 선생님의 부름에 몇 번 가서 조사를 받아야 했다. 이 지경까지 왔지만 아무도 나에게 진심으로 사과하지 않았다. 이럴 줄 알았다. 역시 아무리 예상해 봤자 상황을 맞닥뜨린 것이 더 쓰고 떫어졌다. 다들 비난하기만 바빴지, 피해자는 신경 쓰지 않는다. 대중은 뉴스에 나오는 사건에 범죄자를 비난하기에 정신 없다. 정작 가장 큰 상처를 입은 피해자는 신경 쓰지 않는다. 대중이 사건에 분노하는 이유는 사건이 자기에게 일어날 가능성이 있기에 분노하는 것이다. 자기에게 그런 위험이 닥쳐온다면 다가올 상처 때문에 분개한다. 자기와 거리가 먼 국제 마약 밀매 조직에 대한 뉴스는 크게 역정을 내지 않는다. 인간이란 그런 건가 보다. 어쩌면 가장 이기적인 존재일지도 모른다.

나에 대한 대우는 크게 달라지지 않았다. 오명을 벗었다. 그걸로 끝이었다. 그 이상으로 달라지는 일은 일어나진 않았다. 그래도 달라진 것이 있다면 악인처럼 대하는 사람들이 많이 줄었다는 정도이다. 나는 조용히 학교생활을 했다. 다른 애들이 뭐라 해봤자 이제 지긋지긋했다. 어차피 오해도 밝혀진 마당에 나에게 뭐라 할 사람은 없었다. 나는 다현이랑 다니면서 시간을 보냈다.

"요즘 살만해?"

"뭐, 그럭저럭.

다현이는 섬세하다. 계속해서 나의 상태를 살피며 일종의 보살핌을 받은 것 같았다. 나에 대해 자책을 할 때면 늘 어둠에서 나를 끌어올려 줬다.

"내가 요즘 잘 살고 있는지 모르겠어. 계속 의문만 들어. 그 둘이 싸우고 정체 밝혀져서 곤란해진 것도 다 내 탓 같아. 내가 계속 훔친 도둑이었으면 모두가 평화롭지 않았을까 하고. 말도 안 되는 생각이 나를 사로잡아. 몸에 익어서 계속해서 죄책감이 나를 헤집어 놓아. 가장 큰 건, 네가 나 때문에 또 곤란해지지 않느냐고 생각하게 돼. 내가 힘들 때마다 도와줬잖아."

다현은 살포시 두 손으로 내 양 어깨를 잡으며 말했다.

"서온유, 나는 네가 아무리 힘든 상황에 부딪혀도 온 힘을 다해 네 곁을 기어코 지켜낼 거야. 만약, 내가 과거에 돌아가서 또 다른 선택을 할 수 있게 되어도 같은 선택을 했을 거야. 확신할 수 있어."

"왜…?"

"너니까, 다른 누구도 아닌 서온유. 너라서."

"나는 내가 너무 싫은데."

"나는 네가 너무 좋아."

너의 이런 모습이 좋았다. 확신에 가득 찬 그 눈동자가, 뭘 하든 끊임없이 내 속을 따듯하게 채워주는 말솜씨, 네가 말할 때 선택하는 단어 하나하나가 소중했다. 너의 대답을 들으면 네가 얼마나 생각이 많은 사람인지, 속 깊은 사람인지까지 모조리 알 수 있었다.

잊고 있었던 서아림에게 쪽지가 왔다.

[방과후에 잠깐 대화하고 싶어. 공원에서 기다릴게.]

서아림, 초등학교를 같이 나오고 꽤 친한 친구였지만 그 사건 이후로 멀어진 그런 애. 이 쪽지는 나름의 통보 섞인 일방적인 약속이었다. 그래도 신경 쓰였다. 꼭 가야만 할 것 같았다. 결심한 나는 같이 하교하기로 한 다현이를 먼저 보냈다. 쪽지에는 정확히 어디 공원인지 적혀 있지 않지만, 짐작 가는 공원이 있었다. 어릴 적 허구한 날 해가 지기 전까지 끈질기게 돌던 공원이란 걸. 점점 해가 저물어 갈 때면 같이 노을을 구경하곤 했었던 그 공원으로 향했다. 오랜만에 가는 길엔 너무나 까마득히 잊고 있던 풍경에 잠시 추억에 잠겼다. 골목을 거닐면 초등학교 운동장에서 노는 아이들 웃음소리가 이곳을 완성시켰다. 나도 이랬던 적이 있었는데. 추억과 달리 미래에는 서아림하고 멀어졌다. 아마 그때 나는 몰랐겠지. 마냥 행복했던 어린 시절이 조금은 그리운 시간이었다.

"오랜만이네, 오래 기다렸어?"

난 가벼운 인사를 던졌다.

"아니 별로."

"나를 부른 이유가 뭐야? 하고 싶은 말이 있다고 했잖아."

"응, 솔직히 진짜 와줄 줄 몰랐어…."

"그럼, 왜 기다린 거야?"

"일말의 조그마한 희망이라도 걸자 싶어서."

"다행히도 희망이 적중했네."

"그러게, 사실은 정말 와줄지 예상 못 해서 말이 정리가 안 됐어. 그래도 하고 싶은 말은 해야겠다. 그동안 정말 미안했어."

"뭐라고?"

나는 당황했다. 갑자기 사과할 줄 꿈에도 몰랐다.

"그 익명게시판. 누가 올린 건지 궁금해해 본 적 없어?"

그러고 보니 게시물을 누가 올렸느냐는 생각을 하지 못했다. 너무 큰 후폭풍이 몰아닥쳐서 여유가 없었다.

"그거 내가 올린 거야. 지금은 학교에서 삭제했지만."

"진짜로, 네가 올린 거란 말이야…? "

"응."

숨이 턱 막혔다. 설마 아림이가 올렸을 리 없다고 생각했다. 꿈에도 몰랐다. 용의선상에서 이름 한 글자도 없었다. 날 구조해 준, 큰 파장을 일으킨 게시물을 올린 범인은 제 발로 찾아왔다. 소심한 성격에 그런 짓을 할 리 추호도 없었던 아림이가. 그런 서아림이. 사건을 일으킨 거도 모자라 자수했다. 다른 누구도 아닌 나에게. 고맙다는 감정보다 내 귀를 먼저 의심한 내가 바보였을까. 고민 끝에 아림에게 어떤 사소한 감정 없이 말하고 싶은 뜻만 추려서 말했다.

"대체…. 왜?"

"그러게 말이야…. 음…. 처음에는, 네가 범인이라는 말을 듣고, 믿기지 않았어. 오히려 그 애들이 거짓말하는 거 아닐까 하고 의심했지. 근데 네가 아니라고 억울해하는 눈빛을 보니까 바로 알겠더라. 네가 범인 아니란걸."

아림이는 말을 신중하게 골랐다. 나에게 어떻게 들릴지 조심스러워했다. 우리는 서로를 너무 잘 알아서 어떤 심정이었는지

와닿았다. 네가 무슨 의미로 나에게 그런 말을 하는지. 조금은 알 것 같았다.

"처음부터 알고 있었던 거구나. 그렇지만 증거도 없이 그런 걸로 알 수 있었어?"

"우린 오랫동안 봐왔으니까, 거짓말을 하려야 할 수 없잖아."

아림이 있는 허공을 바라보며 잠깐 슬픈 눈을 했다. 무언갈 그리워하는 눈으로 허공을 응시했다. 그런 아림이에게 위로를 건네고 싶어질 정도로 처절해 보였다. 우리 사이는 멀어졌다. 하지만 그렇다고 해서 과거에 나누었던 추억은 어디로 가지 않으니까. 나도 어렴풋이 너와 같이한 유치한 수다가 고파졌다. 현재라면 할 수 없다. 그래도 우리는 유난히도 가까웠고 서로 애틋했다. 방과후가 조금 지나자 슬슬 서늘해지는 저녁 공기는 우리 사이가 식었다는 걸 느끼게 해줬다. 점점 해가 저물어 갔다. 6학년 때로 돌아간 듯 풍경 보고 감상에 젖었다. 지금에서야 온전한 건 같이 보던 하늘뿐이었다. 우리 둘의 뜨거운 우정도 그 시절 그해와 같이 이미 저 하늘 넘어서 사라진 지 오래다. 그러지 못한 걸 알면서도 다시 서로 기대는 관계가 될 수 있을까 하는 상상을 했다. 그런 말도 안 되는 몽상을 하게 만드는 아름다운 풍경이었다. 아림이는 어렵게 입을 열었다. 이제 현실로 돌아올 차례라는 걸 인지한 듯싶었다. 너무 오래 과거에 머물면 후회하기 마련이기에, 서로 덜 아플 수단이었을지 모른다.

"사실을 알았는데도 너를 피했어. 나도 같이 왕따당할까 무서웠거든. 네가 괴롭힘 받는 모습을 볼 때마다 동시에 마음에 죄책감이 나를 짓눌렀어. 날 계속 자책해도 그 광경을 보면 차마 나도 저 괴롭힘은 무서워서 입이 떨어지질 않더라. 더군다나 증거도 없고."

우리는 체념했다. 괴로웠던 때로 돌아가 이입하고 있었다. 서로 감정에 소비가 많아졌다. 우리는 어디서부터 엇갈렸던 걸까.

"그래서 쉬는 시간만 되면 다른 반 애랑만 놀았던 거야. 그렇게 생활하니까 이채성하고 이현수랑도 점점 멀어지더라고. 현실을 맞닥뜨리기 싫어서 회피만 하다가 날이 갈수록 확신이 들었어, 내 손으로 이걸 밝혀내야겠다고. 그 뒤로 해결 방안을 미친 듯이 찾고 생각했어."

진솔하게 털어놓는 아림이는 코를 훌쩍이며 말을 이었다.

"이 일을 시작한 건, 너의 대한 미안함과 나에 대한 실망감에서 벗어나고 싶었거든. 그리고 굴레에서 해방을 위해 할 수 있는 최선이라고 믿어서야. 그동안 정말 미안했어. 내가…. 내가 너 친구인데…. 다른 누구도 아닌 어린 시절을 함께한 너, 서온유 너잖아. 너한테 너무 큰 죄를 저지른 것 같아…. 이건 내가 처음부터 잘못했었던 거야. 어찌할 도리가 없어. 정말, 정말로….

진심으로 미안해."

그런 말을 하는 아림의 눈에서는 눈물이 떨어졌다. 고개를 떨구어 나에게 고백하는 눈에 비친 아림이는 예전과 다르게 성숙해 보였다. 아림이는 감정을 삼키려고 애썼다. 얼굴을 잔뜩 찡그리고 입을 굳게 닫았다. 그런 아림이가 애달파 보이기도 했다. 들리는 건 흐느끼는 숨소리가 전부이다. 안다. 이런 진심 어린 사과도. 진실을 밝히는 행동도, 그런 일들을 하기까지에 너무 큰 결심이 필요하단 걸. 아림이를 원망한 적은 없었다. 나도 아림이네가 그런 상황이었으면 바로 큰 목소리 낼 자신이 없었기에. 그런데 너는 그걸 극복하고 나에게 사과했다. 그동안 힘들었다. 서늘하기만 했던 세상에 동상이 걸릴 것 같아서 움츠러들기만 했다. 아림이는 자기 손을 꽉 쥐며 내게 내내 사과했고, 나는 그런 너를 안고 통곡했다. 유난히 따뜻하기보다는 뜨거운 너의 품에서 서로를 끌어안고 서로를 위해서 서글프게 울었다. 유일하게 기댈 수 있는 기둥이었기에 그날만큼은 서로의 안부를 느낄 수 있었다. 얼마나 아려왔는지까지 전부 온몸으로 느껴졌다. 세상을 밝히던 태양은 저 너머로 저물어 갔다. 빛이 사라지자, 어둠이 드리웠다. 하루의 끝을 알리는 밤이 찾아왔다. 우리의 시간은 빠르게 흘렀다. 뭣 모르고 마냥 즐기기엔 우리는 너무 불완전해서 갈 길을 찾아 헤매기 바빴다. 우리는 아직 너무 미성숙하고, 자라고 있고, 어디로 튈지 모르는 각자의 십 대를 보내고 있다. 배우고 있어서 낯선 것투성이고 우리가 세상에서 경험해 봐야 하는 건 어른들보다 많았다. 때로는 실수하고 어떨 때는 실패하는 우리들은 그래도 나아갈 수 있다. 그래봤자 너무 아는 게 없고 겁도 없는 우리이기에 젊음이라는 무기를 쥐고 상처투성이 발로 살아간다. 그 상처가 모여서 굳은살이 될 걸 아니까 더 많이 도전한다. 그리고 결국에는 어른이 되겠지. 우리라면 분명 철없는 어른일 거야. 그러기엔 우리는 너무 어리고 너무 청춘이기에 또 다른 젊음을 발굴할 거다. 어른이 되어봤자 대학생이고 사회 초년생이다. 나이 들어도 배울 건 너무 많아서 그냥 이대로를 즐기자. 있는 그대로의 우리로 살자. 우리는 아직 사회에 찌들지 않아서 당당함을 가졌잖아. 멍청한 어른들이 되기 전에 천진난만한 청춘을 살아가자. 서툰 청춘은 그거야 그것대로 빛나니까.

도달

✦

 오늘 아침은 통통 부은 얼굴로 일어났다. 처음 느껴오는 복받치는 감정으로 너무 많이 운 탓이었다. 세상에 태어나 아는 게 없어서 멋모르고 우는 신생아처럼 우리도 좀 알아달라고 울었을지도 모른다. 머리가 지끈거려서 약을 챙겨 먹고 다현이가 기다릴까 봐 빠르게 준비하고 나갔다. 항상 내려가면 나보다 빠르게 도착해 기다리는 다현이가 마냥 신기하고 고마울 따름이었다. 어떻게 저렇게 성실할 수 있을까.
 "다현아."
 자기 이름을 부르는 내 목소리에 다현이는 고개를 들어, 내 쪽을 바라봤다.

"좋은 아침."

가볍게 웃으며 아침 인사로 대답해 주었다.

"너 맨날 계속 아침마다 기다리는 거야?"

"나야 뭐, 네가 기다리면 안 되니까 일찍 나오지."

내가 기다리면 안 된다는 다현이의 말에 괜히 심술이 났다. 맨날 주기만 하고 받지 않으니 괜스레 섭섭하기도 했다.

"뭐래, 내가 기다리면 안 되는 법이라도 있어?"

나는 장난스럽게 물어봤다.

"응, 내가 안 돼."

다현이는 목소리를 깔고 사뭇 진지하게 말했다. 장난이겠지만 장난마저 나에 대한 배려가 묻어 있어서 더 이상 뭐라 말할 수 없었다. 생각해 보니 나는 다현이에 대한 건 많이 아는 게 없다. 그러니 다현이의 집 주소는 말할 것도 없었다.

학교로 걸어가는 길이었다. 나는 다현이를 살짝 앞질러 걸었다. 적당한 거리에서 멈춰 서곤, 뒤를 돌아 눈을 크게 뜨고 물어봤다.

"너, 어디 살아?"

"갑자기?"

뜬금없는 나의 행동에 다현이는 피식 웃었다. 장난을 던져놓고도, 내가 어떻게 반응할지 궁금하다는 듯 눈을 가늘게 뜨고 날 바라봤다.

"음…. 그런 건 갑자기 왜 궁금한 건데?"

나는 눈을 피했다. 오히려 저돌적인 반응에 당황했다. 내가 "나도 등굣길에 찾아가서 기다려 주려고 했지."라고 말하면 놀릴 것 같았다. 입을 꾹 다물었다. 눈치를 살피다 말했다.

"아니, 맨날 너만 기다려 주니까 나도 너희 집 앞에 찾아가서 등교하려고 그랬지…."

다현이가 가늘게 뜬눈이 장난스러워졌다. 고개를 살짝 끌어당겼다. 실험하는 박사 같았다. 한순간에 분위기가 장난스러워졌다.

"우리 집, 학교랑 반대쪽인데?"

다현이는 웃으며 앞장섰다. 장난인 줄 알았었는데 눈빛은 웃고 있지 않았다. 그 순간, 나도 모르게 입을 꾹 다물었다.

"그래도…. 알려줄까?"

말문이 막혔다. 진짜 알려줄 줄 몰랐다. 머릿속이 하얘졌고, 나는 고개만 끄덕였다.

"그래, 같이 가보자."

생각보다 선뜻 허락해 줬다. 그래도 나는 아까 다현이의 반응이 신경 쓰여 몸이 긴장했다. 내가 가도 되는지 모르겠다. 계속 내가 주뼛거리자, 눈으로 흘겨보고 다현이가 넌지시 말을 건넸다.

"우리 집, 다른 누구를 데려가는 건 처음이다?"

내가 반응을 보이자, 눈을 내리깔고 다현이는 멋쩍음에 웃어 보였다. 다현이는 생각에 잠긴 듯 말끝을 흐렸다. 우리는 그렇게 몇 발짝 앞으로 걸었다. 내가 흐름을 끊으면 안 될 것 같았다. 잠깐에 침묵이 이어졌다. 다현이는 고개를 들고 잠시 하늘을 바라보았다.

"근데 너라면 괜찮다는 생각이 들었어…. 응, 너라면 괜찮아."

결심한 다현이 눈은 반짝였다. 전혀 어둠에 잠긴 눈이 아니었다. 굳게 다짐한 사람은 새로운 변화를 맞이한다. 다현이도 그런 것이 아닐까.

다현이의 뒤통수를 따라 걸어갔다. 길을 보니, 조금 복잡한 길이었다. 길을 모르면 찾기 어려울 것 같았다.

조금 더 걸어가다 보니, 멀리 한 주택이 보였다. 주택은 단정한 외형을 하고 있었다. 화려하지도, 촌스럽지도 않은 깔끔하다는 표현이 어울리는 주택이었다. 이런 주택에 살 줄은 꿈에도 몰랐다. 나는 다현이의 반응을 살폈다. 다현이는 오히려 신나 보였다.

"여기가 우리 집이야."

다현이는 나의 눈을 바라봤다. 조금 전과는 달리 다현이의 눈은 고요했다. 어쩌면 약간 슬픈 표정을 지었다. 그런 얼굴을 보자 하니 마음이 쓰였다. 품고 있는 이야기가 있어 보였다.

"생각보다 별거 아니지?"

다현이는 너스레를 떨었다. 내가 무슨 생각을 하는지 눈치챈 것 같았다. 평소 같으면 어떤 반응이라도 내보여서 장단을 맞춰주었겠지만, 지금은 아니었다. 우리는 주택 대문 근처 벽에 기대었다. 근처에는 키 큰 나무가 심어져 있어 벽에는 그늘이 져 있었다. 다현이를 바라봤다. 다현이의 입술이 달싹였다. 말할 타이밍이 필요해 보였다. 내 대답이 돌아오지 않자, 다현이는 고개를 숙이고 내 쪽으로 눈동자를 굴렸다. 고백을 준비하는 사람처럼 망설이는 것 같았다. 잠깐 생각에 잠긴 다현이가 말을 꺼냈다.

"온유야."

"응."

다현이는 고개를 들고 평소처럼 부드러운 목소리로 나를 불렀다. 다현이는 둥근 눈을 깜빡였다.

"나 아빠하고 사이 안 좋다?"

다현이는 굵은 한마디만 뱉었다. 나는 놀라서 고개를 돌려 다현이를 바라봤다. 다현이는 차분하게 말을 이었다.

"우리 첫 만남 기억나?"

"기억나지. 잊으려야 잊을 수가 없잖아."

다현이가 꺼낸 말 덕에 생생히 첫 만남이 기억났다. 모든 게 헝클어졌던, 속마저 뒤엉켜 있던 시절이 불편하듯 지나갔다. 가장 강력하면서 찬란했던 순간이.

"너도 알지? 우리 부모님이 이혼하신 거."

다현이는 눈을 빠르게 깜빡이며 내 눈치를 살폈다.

"…응."

"이혼한 거 아는 건 너뿐이야."

머리 위로 바람이 불어왔다. 다현이는 내 눈을 똑바로 바라봤다. 망설임이 없어 보이는 굳은 결심을 가진 눈처럼 보였다. 속에서 무슨 생각들을 하기에 그런 눈을 한 걸까. 무슨 꿍꿍이를 펼치고 있을지 궁금해졌다. 가능하다면 속 이야기를 모조리 들여다보고 싶었다. 다현이는 입술을 앙다물었다. 조바심이 나는 사람처럼.

"그럼 내가 너한테 특별한 사람이라는 건가?"

장난스러운 내 대답에 다현이의 눈동자가 커졌다. 이런 반응을 예상하지 못한 모양이었다. 이내 눈은 반달을 그리다, 다현이가 작게 소리를 내며 웃음을 터트렸다.

"아 진짜 지금 진지했는데."

다현이는 분위기가 깨졌다며 나에게 대꾸했다. 한번 풀린 긴장은 바로 돌아오지 않았다. 느슨해진 다현이를 보고 있자니 마음이 놓였다. 어쩌면 너무 힘든 이야기가 될 거라는 예감을 잠시나마 잠재워 줬다. 한껏 우리만의 세상에 취해 있었다. 유독 등교 전 본 아침은 지독하게 반짝였다. 무엇하나 빠짐없이 제 빛깔을 가지고 뽐냈다. 하늘도, 잔잔히 흐르는 물살도, 소리도, 우리마저도. 세상은 잠시 아름다움으로 모든 것을 삼켰다. 그 때문인지 어떠한 불행도 지금은 청춘의 쓴맛일 뿐이었다. 우리는 세상에 삼켜진 불행이 찬란하게 보였다. 그게 우리의 낭만이었다. 아프지만 뜨거운 낭만은 강렬했다. 우리는 잠시 무거운 분위기에서 빠져나와 가벼운 농담을 주고받았다. 마음이 가벼워진 우리는 속 편히 이야기를 늘어놓을 수 있는 준비가 되었다.

"다현아, 이제 너 얘길 해봐."

나는 다시 분위기를 잡으며 말했다.

"어?"

"나한테 하고 싶은 말 있지."

"알고 있었어?"

"모를 수가 있나."

다현이는 또 생각에 잠겨 보였다. 눈을 바닥에 깔고 입은 살짝 미소를 띠고 있었다. 신중해 보였다. 나는 너의 모든 걸 받아들일 준비가 되어 있다. 나만 너무 성급하게 다가가면 혹여나 너에게 부담이 될까 망설여졌다. 내가 할 수 있는 한 가장 부드럽게 다가갔다. 나의 성격 빠른 마음을 죽이며, 너에게로 사냥감을 노리는 듯 한 발짝씩 내디뎠다. 너는 나한테 다 해줬으면서 나라고 못할 이유가 있을까. 이제는 아무렴, 상관없었다. 네가 어떤 사람인지, 얼마나 악한 사람인지도 나한텐 그저 너이기에 달가웠다. 네가 나한테 준 마음들을 고이 모아 간직했다. 찬 마음을 녹여준 온기를 가두고 너에게 베풀 차례를 기다렸다. 때가 오기를 기다리면서 하나하나 더 고운 마음을 골라. 너에게만 주고 싶었다. 단순히 너이기에 가능했다.

"나 집에서 외로워."

다현이는 가라앉아 보였다. 고민하던 다현이의 시선은 땅에서 하늘로 향했다. 움츠러들어 있다가 날 준비를 마친 새처럼 보였다. 다현이는 속박하고 있는 이름 모를 것들에게서 벗어나 자유를 향해 갈망을 넘어서 향할 준비를 마쳤다. 일렁이는 눈이 아닌 그 너머에는 확고한 결심이 보였다.

"아빠는 사랑에 서툴렀어. 그래서 혼자 서기 하는 법을 일찍부터 조금씩 배워야 했어. 집에 있으면 항상 변한 건 내 몸뚱어리 하나였어. 모든 건 그대로인데 나 혼자만 너무 멀리 가버린 기분이었어."

다현이의 청아한 눈에서 물이 고여서 형태를 가진 물방울은 눈을 말갛게 빛냈다. 눈물이 고인 얼굴이라지만 찡그리지도 원망 가득한 얼굴도 아니었다. 그저 명랑한 기품을 품은 표정이었다. 다현이의 눈이 감겼다. 눈물의 존재를 알아차린 다현이의 입술은 서로를 강하게 눌렀다. 주름 하나 없이 도자기 같던 다현이 피부가 일그러졌다. 다현이는 크게 숨을 연달아 쉬었다. 숨결은 흐느끼듯이 떨렸다. 감정을 꾹꾹 눌러 담으려고 아등바등했다. 굳게 닫혀 있던 입을 열어 숨을 몰아쉬었다. 여전히 흐느끼고 있다. 눈물을 참으려는 다현이의 노력이 무색하게도 눈물샘은 터졌다. 한번 터진 감정은 쓰나미 같아서 막을 수 없었다. 내 곁을 지키면서 든든한 버팀목이었던 다현이가 무너졌다. 다현이는 내 어깨에 얼굴을 파묻고 울었다. 머리를 비비면서 어리광을 피웠다. 입에서 새어 나오는 목멘 울음소리에 맞춰 어깨가 들썩였다. 다현이는 몸만 큰 애 같았다. 혼자 부러진 양발로 살기 위해 멋모르고 나아가는 어린아이로 보였다. 그런 다현이를 보듬어 주고 싶었다. 나는 키가 큰 다현이를 향해 손을 높이 들어 안아줬다. 나보다 체격이 큰 다현이를 안으니 내 두 손이 맞닿지 않았다. 커다란 곰 인형을 안은 기분이었다. 속마음을 밖으로 꺼내다가 울컥한 것 같았다.

"나…. 너무…. 혼자 외로웠어…."

다현이는 우는 도중에도 속말을 털어놓았다. 울분이 쌓여 떨리는 목소리로 감정을 토해내듯 말을 툭툭 던졌다. 나는 다현이가 어떤 기분일지 알 것 같았다. 얼마나 오랜 시간 동안 외로웠을지 상상이 가지 않았다. 세상에서 나만 동떨어진 기분, 특히 나만 별나 보이는 그런 속쓰림이 느껴졌다. 여기 내가 있으면 안 될 거라는 관념과 나는 자격이 없다는 강박이 만든 가시들로 아물지 못한 상처를 더 깊게 쑤신 나날이 떠올랐다. 저 주택 거실에서 혼자 우두커니 움츠러들어 있는 다현이가 어렴풋이 눈에 스쳤다. 한 번도 보지 못한 장면이지만 눈에 선했다. 말이 속에서 고여 있었다. 금방이라도 무너져 내릴 것 같았다. 아슬하게 일렁이는 촛불처럼, 작은 몸짓에 나비효과를 불러 소리 소문 없이 꺼질 것처럼 위태로웠다. 함부로 어설픈 위로를 건네다간 오히려 더 괴롭히는, 그런 못된 짓을 저지를까 봐 몸 둘 바를 모르겠다. 나보다 체격이 큰 다현이의 품에 내가 안긴 건지 다현이를 안은 건지 구별이 되질 않았다. 그럼에도 잔뜩 눈물을 쏟아내는 다현이는 나보다 어린아이 같았다. 그나마 내가 할 수 있는 건 얼마 없었다. 그래도 다현이가 내 곁을 지켰던 것처럼 나도 작게라도 보탤까 하여 그저 말없이 부둥켜안은 손으로 토닥였다. 너에게 내 마음이 조금이나마 닿았을까. 너에 관한 생각으로 머리가 가득 찼다. 내 토닥임이 느껴지자, 다현이도 팔을 올려 나를 끌어안았다. 다현이의 몸은 엉엉 운 탓에 한껏 달아올랐다. 나는 그걸 고스란히 느꼈다. 몸은 가까이 맞닿아 있었고 우리는 서로의 몸 상태 정도는 말하지 않아도 제 몸인 듯 전해졌다. 이쯤 되니 해야 할 말과 못 할 말을 구분해서 골라내는 게 어려울 지경이었다. 어떻게든 네가 붙들고 있는 무게를 덜어주는 말을 하고 싶었다. 나는 내게 너무 많은 걸 바라고 있었다. 완벽한 위로란 없을 텐데 내가 해주고 싶은 건 그런 이상적인 위안이었다. 내 몸은 너의 몸과 체온이 맞물려서 땀이 삐질삐질 흘러나왔다. 그러다 숨이 점점 막혀왔다. 이것마저도 지금의 우리에겐 벅차오름이라고 설명할 수 있었다. 곁에서만 있어도 위로가 된다는 사실쯤이야 안다. 하지만 나의 성급한 마음은 확실히 너를 위안시켜 줄 말이 필요했다. 한 번쯤 누군가의 인생에 귀인이 내가 되는 상상쯤은 누구나 하듯이 나도 그랬다. 다현이는 이미 나에게 귀인이었다. 힘 있는 사람이 자비를 베풀면 은혜 입은 사람이 보답하려고 애쓰는 클리셰처럼, 나도 그래야만 했다. 영화 속 주인공이 무심히 던진 말에 큰 위안을 갖는 이야기처럼 나에겐 그런 말이 필요하다. 그러나 이상과 현실은 달랐다. 그런 말은 현실에 등장하기 어려운 유니콘 같은 존재였다. 그렇다고 해서 우물쭈물하기만 하면 안 됐다. 무슨 말이라도 꺼내어 나는 네 편이라고 말하고 싶었다. 어찌 됐든 직설적이게라도 말하기로 했다.

"다현아 나는 네 편이야."

내 말이 어떻게 들렸을까? 내 말의 의미가 너에게 닿았을까? 말을 뱉어놓고 노심초사했다. 다현이는 내 말을 듣고 부둥켜안은 두 손을 더 꼭 껴안았다. 다현이는 긴장이 풀렸는지 소리 내 울었다. 안심한 듯이 모든 걸 내려놓고 나에게 몸을 맡긴 갓난아기처럼 미련 없이 쏟아냈다. 그런 다현이는 끝없을 외로움에서 꺼내달라고 아우성쳤다. 속 깊은 곳까지 모두 알지 못하지만, 그것만은 온전히 나에게 전달됐다.

"난 떠나지 않을게. 절대 너 혼자 모든 걸 떠안게 하지 않을게."

이 말을 해야만 한다는 생각이 들었다. 무슨 풍파가 와도 나가 떨어지지 않는 전우가 생긴 기분이었다. 긴 싸움 끝에 만난 인연은 소중했다.

"절대 그 누구도 우릴 넘볼 수 없게 환해지자. 태양마저도 지게 할 정도로."

내가 말해놓고 눈물이 나왔다. 그제야 우리 둘 다 마음을 놓고 나아갈 견고함을 가지게 될 거라는 확신이 들었다. 우리의 하늘은 꼭 푸른 색깔이 아니어도, 세상이 꼭 따뜻함으로 채워지지 않아도 좋았다. 그저 서로가 있기에 날아오를 용기가 있었다.

유난히도 길었던 여름

✦

그 후로 일주일이 지났다. 이채성과 이현수 둘 다 학교에 결석하는 일이 잦아졌다. 처음 둘이 결석하기 시작했을 땐, 뒷말이 많이 돌았다.

"아니 왜 요즘 학교 안 나옴?"

"몰라, 쪽팔려서 안 나오는 거 아니냐."

"그런가. 근데 헛소문 내다가 들키면 나 같아도 안 나올 듯."

"미친. ㅋㅋ"

"아니 근데 걔네 생기부 어떡하냐."

"헐, 맞네! 걔네 이제 조진 거 아님? 쪽팔려서 학교도 못 나오는데 생기부도 망함."

"야, 좀 적당히 패라. ㅋㅋ"

각종 소문에 민감한 애들이 여기저기 퍼트려서 소문이 부풀려졌다. 내가 괴롭힘당했을 때와 달라진 점이 있다면, 그 대상이 내가 아니라는 점뿐이었다. 이런 대화가 나왔을 땐 주로 교과 선생님이 결석생을 물어보면서 이런 대화 주제가 튀어나왔다. 옛날엔 그 둘과 친하게 지내면서 비위를 맞춰주었을 텐데 이제는 처치가 달랐다. 시간이 지나자, 화제는 점점 식어갔고, 처음부터 두 명의 존재는 없었던 것처럼 행동했다. 세상은 돌고 돈다고 했던가, 그 말이 정말 맞는지 모든 것들이 점점 제자리를 찾았다. 과거엔 그토록 바라왔던 평온한 일상은 한 번에 오지 않았다. 천천히 내 일상에 스며들었다. 그렇다고 해서 그것이 꼭 나쁘지만은 않았다. 나를 이루는 요소 중에 불안과 우울은 다른 감정들이 자리를 잡도록 공간을 마련해 주었다. 강한 햇볕이 내리쬐어도 어둡게 느껴지던 세상도 이젠 다채롭게 다가왔다. 어느 순간부터는 주변 시선들에서 벗어났다. 아직 날 미워하는 따가운 눈초리가 완전히 사라진 건 아니지만 그건 그것대로 넘기기로 했다. 이해하기 싫었지만 뭐 어쩔 도리가 없다. 자기들만의 방어기제로 스스로를 갉아먹고 있다고 생각한다. 남을 흉보고 미워하는 일만큼 자기를 증오에 빠트리는 일은 없으니깐.

"야, 너 여기서 뭐 하냐."

나를 부르는 물음에 뒤를 돌아봤다. 돌아보길 기다렸다는 듯 다현이의 입꼬리가 장난스럽게 말려 올라가 있었다. 그 일이 있고 다현이는 내게 더 장난을 많이 걸었다. 아마 이게 다현이의 진짜 내면이었을지도 모른다. 나와 시선을 맞춰 다리를 굽혔다. 눈은 반달 모양을 그리며 웃고 있었다. 시선이 맞닿았다.

"그냥, 생각."

시치미를 떼며 말했다. 다현이는 흥미가 떨어진 어린아이처럼 입을 삐쭉 내밀었다. 마냥 틀린 말도 아니었다. 날씨가 좋아 학교 운동장에 걸터앉아서 여러 생각을 정리 중이었으니까.

"쳇, 시시하게."

다현이는 투덜대면서 은근히 나를 흥미로운 눈빛으로 응시했다.

"뭐야 그 표정은. 너, 지금 속으로 나 놀리고 있지?"

다현은 웃음을 꾹 참는 듯 입꼬리를 씰룩였다.

"들켰어?"

다현이의 장난스러운 한마디에 나는 한숨을 내쉬며 가볍게 그의 어깨를 밀쳤다.

"진짜 얄밉다, 너."

다현이는 심술 맞게 표정을 찡그리고 말했다. 그 모습의 괜스레 장난기가 올라왔다.

"내가 미워?"

"…."

내가 정말 밉냐는 물음에 답이 없자, 나는 짓궂게 답을 재촉했다.

"대답 안 할 거야?"

나는 다현이 옆에 몸에 무게를 실어 기대며 말했다. 내가 재차 심술 맞게 재촉하자 다현이가 말을 이었다.

"아니."

"뭐라고?"

"안 밉다고."

살짝 놀랐다. 이런 반응이 나올 줄 알았지만 이리 직설적일 줄 몰랐다. 다현이는 눈썹을 치켜올리면서 대꾸했다. 너도 당해보니까 어떠냐는 듯 어깨를 으쓱였다. 그 모습에 황당해서 웃음이 튀어나왔다.

"그래 내가 졌다."

다현이 자연스럽게 내 곁으로 다가와 앉았다. 선선한 바람결이 코끝을 스치며 간지러움이 번졌다. 운동장엔 축구하는 남자애들과 삼삼오오 모여서 떠드는 여자애들이 소리를 채웠다. 여기저기서 들리는 잡음들이 보여 학교 운동장의 활기를 불어넣었다. 여름 향에서 가을의 산들바람 향으로 계절이 넘어가고 있음을 알렸다. 그러다 예비종 소리가 울려 퍼졌다. 운동장에 있는 아이들은 너나 할 거 없이 각자의 반으로 향했다. 간만에 자연을 만끽하고 있었는데 수업 들으러 가야 한다니, 귀차니즘이 몸을 짓눌렀다. 한탄하는 마음으로 하늘을 올려다봤다. 하늘엔 새털처럼 가볍게 흩어진 구름이 잔잔히 떠 있었다. 해가 기울며 구름 가장자리가 노랗게 빛났다. 바람의 반향을 따라 흘러가는 구름에 여운이 남았다. 붙잡지 못하는 구름을 하염없이 봤다. 어느새 시선에 띄지 않는 곳까지 도달했다. 나는 한숨을 크게 쉬고 마음에 결의를 다잡았다.

"이제 갈까?"

"응, 가자."

나는 잠시 더 하늘을 바라보다 고개를 끄덕였다. 다현이 내 옆에서 발걸음을 맞췄다. 가을빛이 스며든 운동장을 지나며, 내 마음속에서도 그을린 여름이 아닌 새로운 계절이 피었다.

반에 들어가니 애들이 수다를 떨고 있었다.

"진짜임?"

"야, 내가 너한테 거짓말하겠냐."

"그럼, 이채성 자퇴한다는 게 진짜였네."

"와 시발 그러면 걍 도망가는 거 아님? 지가 헛다리 짚어놓고 튀네."

또다시 화제의 선상에 그 둘의 이름이 올랐다. 내 몸을 지탱하는 다리가 떨렸다. 심장이 교실에 울릴 만큼 쿵쾅대며 튀어나올까 봐 겁났다. 후들거리는 내 몸을 눈치챈 다현이가 뒤에서 어깨를 살포시 잡았다.

"너, 괜찮아?"

뒤에 있는 다현이의 표정을 보지 못했지만, 떨리는 목소리가 감정을 대변해 주었다. 구구절절 말해보려고 해봤자 전부 순식간에 일어난 일이다. 시간은 참 신기한 게 일정하게 흐른다지만 어떨 땐 턱없이 느리게 흘러간다. 차마 입이 떼어지지 않았다. 내 대답이 없자, 다현이가 내 앞으로 다가와 상태를 살폈다.

"왜 그래, 많이 힘들어?"

나는 대답 대신 다현의 옷자락을 잡았다. 다현이 눈썹을 찡그리고 지그시 날 응시했다. 다현이 얼굴에는 걱정이 묻어났다. 이윽고 내 손을 부여잡고 교실을 빠져나왔다. 길게 늘어진 복도가 펼쳐졌다. 어디까지가 목적지인지 모른 채 다현이가 끌어주는 길을 따라 걸었다. 여기에서 내가 그나마 취할 행동은 그저 바닥에 나무무늬를 보면서 발자취를 따라갈 뿐이었다. 경험이 참 무섭다. 지날 대로 지나버린 시간이라고만 생각했지만, 아직 네 이름 석 자가 들려오면 내 몸은 경직되었다. 괜찮아진 줄 알았지만 역시나 장애물이라면 장애물인 돌덩이 하나를 힘겹게 지나가고 있었다.

신발장 입구에 도착해서 둘이 숨을 헐떡였다. 벅차올라 숨 몰아쉬기에 바빠서 잠시 머릿속 생각들이 달아났다. 이걸 의도하고 이리 급하게 여기로 온 걸까. 여기로 온 의도가 어찌 되었든 의문인 이 상황이 마음에 들었다. 그러다 수업 시작이 얼마 남지 않는 게 떠올랐다. 황급히 손을 들어 손목시계 속 시간을 확인했다. 겨우 남은 시간이 3분이었다.

"여기로 왜 온 거야. 지금 수업 시간 3분 남았어!"

내 말을 제대로 들은 건지 다현은 해맑았다. 나를 향해 활짝 웃었다. 재밌는 놀이를 하는 꼬마처럼 신나는 표정이었다.

"걱정하지 마. 나한테 다 생각이 있어."

"어? 무슨 생각인데?"

나는 답을 재촉했다.

"잠시만, 진짜 잠깐만 여기서 기다리고 있어. 널 오래 기다리게 하지 않을 테니까."

장황한 계획 설명 대신 나에게 역할을 부여하고 홀라당 떠났다. 급히 뛰어가는 다현의 뒤통수를 빤히 바라보았다. 홀연히 사라져 덩그러니 나 혼자만 남았다. 중앙입구 위에 달린 커다란 시계를 확인했다. 금세 1분이라는 시간밖엔 남지 않았다. 다음 교과수업 선생님은 느리게 오시는 편이라서 지금이라도 뛰어가면 희망은 있었다. 발을 동동 굴렸다. 과연 이대로 기다리는 게 맞을까. 불안을 달래려고 손을 포개어 꾹꾹 눌렀다. 여기저기 교실 쪽과 신발장 입구를 번갈아 가며 살폈다. 주위엔 아무도 없었다. 수업 시작하러 이미 다들 교실에 들어간 상태였다.

'떵디디디링-'

수업 시작종이 쳤다. 귀를 때리는 소리를 듣자 노심초사해졌다. 그 와중에 시계 초침은 계속 움직였다. 급해진 마음을 다잡기 위해 심호흡했다.

"아니야. 한번 다현이를 기다려 보자."

수업 시간의 복도는 조용했다. 한번 마음 먹으니 그 뒤는 쉬웠다. 체념한 채 입구 앞으로 나와서 계단에 걸터앉았다. 흐릿하게 보이는 운동장에 심어진 나무 밑 그늘에서 달콤한 낮잠을 자는 고양이가 보였다. 무심결에 하늘을 올려다보았다. 빛이 내려오는 반향을 따라 고개를 틀었다. 눈을 찌르는 빛이 무더기로 쏟아졌다. 따가운 탓에 게슴츠레 뜨면 쨍한 태양이 반겨주었다. 바빠서 하늘을 올려다보지 못한 날이 있다. 그 때문에 잠깐이라도 풍경을 가만히 관찰하는 여유는 귀했다. 밖은 이리도 평화로운데. 난잡하고 칙칙한 교실과는 다른 차원처럼 다채로웠다. 기분이 몽롱했다. 몸에 긴장이 풀려 노곤해졌다.

'뚜벅뚜벅'

적막을 깨는 발걸음 소리가 들렸다. 분명 여기로 다가오고 있었다. 선생님이면 어떡하지? 숨어야 하나? 황급히 주위를 둘러보았다. 마땅히 몸을 숨길만한 곳은 없었다. 어쩌지. 정말 선생님이라면 혼나는 건가? 가만히 있으면 선생님이 신경을 안 쓰고 지나갈지도. 고민하는 사이에 발걸음 소리가 몇 발짝 안 되는 거리까지 가까워졌다. 설마, 진짜 혼내진 않겠지. 제발 그냥 지나가라. 긴장되는 마음에 눈을 질끈 감았다. 발걸음이 내 앞에서 멈췄다.

"안녕?"

아…. 망했다. 조심스럽게 눈을 떴다. 최악의 시나리오로 선생님이 계실 거라는 예상을 가뿐히 깨고 의외의 인물이 있었다.

"이현수…?"

너무 놀라 벌떡 일어났다.

"오랜만이네."

혹시나 했더니 역시나로 바뀌자 빠져나올 수 없는 소용돌이에 빠졌다. 벌렁벌렁 뛰는 심장에 따라 온몸이 뒤틀렸다. 세상이 떨리는지 내 몸이 떨리는지 분간이 안 됐다. 세상에 모든 중력이 날 짓 누르려고 애쓰고 있다.

"오늘 학교 결석했잖아."

"응. 맞아, 그래서 왜? 내가 오면 안 되는 곳이라도 왔니?"

오해가 풀려봤자 나를 대하는 태도는 좋아질 리 없었다. 주변 사람들이 없자 이현수는 한층 더 대담해졌다. 혼자론 무력하다는 사실을 살 떨리게 잘 알고 있다. 얼른 다현이가 와야 할 텐데. 여기서 내가 뭘 해봤자 오히려 더 늪에 깊이 빠져갈 거다.

"안색이 좋아 보이네. 내가 없으니 살만한가 봐."

오만하기 짝이 없는 표정으로 나를 내려다봤다.

"안색은 좋은데 표정이 안 좋네. 내가 온 게 마음에 안 드나 봐? 하긴, 날 이 지경으로 몰아붙인 게 너잖아. 미칠 노릇이었어. 근데 여기서 얼굴 보니까 좋다. 네 표정 보니까 살맛 나네."

내 일그러진 표정이 썩 마음에 들었지. 코웃음을 쳤다.

"나 전학 가게 됐어. 이 거지 같은 학교에서."

계속 참는 건 고역이었다. 저 오만한 표정을 보면 화가 치밀어 오른다. 당하기만 하면 내가 괴롭힘당할 때와 같았다. 힘들어하는 나를 일어서게 도와준 다현이를 생각해서라도 용기를 내보기로 했다.

"왜 이렇게 뻔뻔해? 애초에 시작은 너였어. 정작 진짜 잘못은 네가 한 건데 이채성이 더 욕을 많이 먹더라."

이수현 미간 사이에 주름이 졌다. 어지간히 짜증 났나 보다. 나는 개의치 않고 말을 이었다.

"그 입 닥쳐."

"왜? 내가 못 할 말을 했니?"

이수현의 어깨가 들썩였다. 주먹을 꽉 쥐고 나를 째려봤다.

"네가 뭘 안다고 그래. 함부로 씨부리지 마."

격한 감정을 조절 못 하고 몸까지 집어삼킨 이수현 꼴은 볼만했다.

"예전에 널 그렇게 살 떨리게 두려워한 나한테 미안해질 정도로 너 생각보다 별거 아니야."

"야!!!"

이수현은 화를 억누르다가 소리를 질렀다.

"야, 너 시끄러워. 화가 나면 무식하게 소리 지르는 버릇 좀 고쳐."

"야!!!!!!!"

흥분한 이수현은 더 크게 소리를 질렀다. 큰 괴성에 수업 듣는 애들이 창문을 기웃거렸다.

"넌 정말 갈 데까지 갔구나. 이럴 줄 알았으면 처음부터 너하고 엮이지 말 걸 그랬어."

이 말은 진심이었다. 그동안의 기억들이 파노라마처럼 지나갔다. 복받치는 감정에 눈물이 고여 앞을 가렸다. 이수현 앞에서 차마 울기 싫어서 혼신의 힘을 다해 참았다. 이수현은 이를 갈면서 주체하지 못하는 분노로 부들거렸다. 이내 창문에 시선들을 눈치챘다. 붉어진 얼굴을 내리깔고 자리에서 가만히 화를 삼켰다.

"우리 다신 보지 말자. 전학 잘 가고."

내 마지막 한마디를 듣자, 이수현은 자기 옷을 움켜잡던 손을 높이 들어 올렸다. 어쩌지. 곧 맞는다. 머리가 하애졌다.

"아무리 그래도 네가 때릴 줄 몰랐는데…."

잠깐에 정적이 흘렀다. 시간이 지나도 손이 날아오지 않았다. 익숙한 목소리가 난 반향으로 시선을 틀었다. 다현이가 내 뺨을 내리치려는 이수현의 손목을 낚아채고 있었다. 이수현도 놀란 얼굴을 하고 있었다. 나는 안도의 한숨이 나왔다. 타이밍 좋게 다현이가 와주지 않았으면 꼼짝없이 맞았을지 모른다.

"이미 실망할 대로 했지만, 이번 건 네가 생각해도 아니잖아. 너 정신 좀 차리고 살아."

이수현은 붙잡혀 있는 손을 비틀어 낚아채곤 제 몸으로 가져왔다. 아팠는지 손목을 마사지했다.

"너 다른 맞은 데 없지?"

"나 맞은 데 없어. 괜찮아."

이수현은 민망했는지 나와 다현이를 번갈아 보곤 서둘러 자리를 떴다. 창문으로 경치를 구경하던 애들은 상황이 정리되자 시선을 거두고 다시 수업을 들어간 듯했다. 다행히 별관에 1학년이 있어서 우리 반은 상황을 보지 못했다. 이제 상황도 정리됐으니, 궁금증을 풀어야겠다.

"야! 너 진짜 어디로 갔어?"

"교무실로 가서 교과 쌤한테 너 아파서 부축해 준다고 하고 같이 수업 뺐지."

다현이가 자랑하듯이 허리춤에 손을 올리고 말했다. 분위기를 풀려고 일부러 평소보다 과장되게 행동하고 있었다.

"그게 문제가 아니야. 나한테 다 계획이 있어."

노을이 비치는 윤슬

✦

"아까부터 무슨 계획인데."

"우리 학교 탈출하자."

어릴 적 상상으로만 해본 학교 탈출을 하자는 제안은 달콤했다. 기껏 해봐야 지금 하는 수업 땡땡이도 오늘이 처음이다. 저절로 신이 났다.

"좋아, 그러면 학교 탈출하고 우리 어디로 갈 건데?"

"가장 뜻깊은 곳."

"거기가 어디인데?"

"가보면 알아. 나 따라오기만 하면 돼."

"너 오늘따라 비밀이 많다."

내 말을 듣고 쿡쿡 소리 내 웃었다. 다현이는 장난스러운 미소를 머금고 말했다.

"그럼 가는 거다. 손 꽉 잡아야 해."

다현이는 내 손을 잡고 학교 밖으로 달려 나갔다. 나는 손에 이끌려서 같이 힘차게 달렸다. 경비아저씨가 발견하고 우릴 쫓아왔다. 다현이는 좁은 골목길을 달리면서 따돌렸다.

"오늘 달릴 일이 많네."

저질 체력인 나는 겨우 숨을 고르면서 말했다. 운동신경이 좋은 다현이는 가뿐해 보였다.

"넌 어째 멀쩡하다."

"네가 운동 부족인 거야."

그렇게 투덕거리면서 다현이가 잡은 손으로 이끄는 방향으로 발걸음을 옮겼다. 카페를 지나치고 횡단보도를 건너고 그렇게 걸었다. 갈수록 인적이 드물고 나무가 무성했다. 길을 따라 나무가 심어진 인도에서 풀숲 속 돌로 된 인도로 빠졌다. 더 안으로 가자 익숙한 공간이 나왔다.

"짜잔. 도착했다."

다현이 말대로 도착한 데는 우리가 처음 만났던 정원이었다.

"와, 여길 올 생각을 다 하네."

정원에 들어서자 나는 감탄했다. 잎사귀마다 금빛이 번졌고, 바람이 지날 때마다 꽃잎이 들썩였다. 연못에 비친 햇빛은 말갛게 반짝이며 살아 움직이는 듯했다. 새 한 마리가 가지를 옮기며 속삭이듯이 울었고, 그 소리마저 햇살에 씻겨 투명해졌다.

"마음에 들어?"

"완전."

"다행이네. 지금이 황금시간대거든 넌 몰랐지?"

전혀 몰랐다. 장소에 따라 황금시간대가 있다고 생각해 본 적 없다. 그렇게 감탄만 하기는 황홀하게 아름다웠다. 비슷한 시간대에 온 적 있지만 황금시간이라고 칭하니 더 아름다워 보였다. 다현이 덕에 또 하나 세상에 모르는 부분을 알게 됐다.

손쉽게 날 욕하고 비난하는 사람들의 이야기를 들어보면 모든 원흉과 잘못은 언제나 나였다. 사소한 맞춤법을 틀려 비웃음을 사거나, 수업 시간에 잠깐 꾸벅 조는 등 빈틈이 보이면 어김없이 욕을 먹었다. 하지만 정말 수업 시간에는 자면 안 되는 일이었고, 이유들을 들어보면 어느 정도 타당했기에 원인은 항상 나인 줄로만 알았다.

이제야 조금 깨닫는 건, 얼핏 보면 타당해 보이는 근거들은 그저 나를 깎아내리기 위한 명분이었을 뿐이었다. 사소한 일들로 나를 욕하는 사람들마저 그것들을 실천하지 못하는 경우가 대다수였다. 오히려 자신의 결핍에 예민해져, 자신이 들었으면 크게 상처받을 말을 골라 나에게도 큰 좌절을 바라며 던졌다. 그런 사람들은 같은 처지에 일을 당하면 적반하장으로 노발대발 화낼 속 좁은 인간들이었다. 이걸 깨달은 내가 과거에 대해 후회하는 건, 나를 나락으로 빠트리기 위해서 안달 난 사람들에게 잘 보이려고 아등바등하며 애쓰고 쉽게 가십거리를 피드백이라며 가슴 깊이 새겨넣고 인생에 적용했다. 날 별 볼 일 없는 사람으로 만드는 인간들에게 귀 기울인 것이 후회됐다.

연못 위로 햇살이 닿아, 물줄기를 자글자글 반짝였다.
그런 윤슬 소리에 정신이 아찔해졌다.
어느새 달싹하고 가랑가랑 차올라
너는 나의 가온누리가 되었다.

나는 조용히 속삭였다.
"세상에 가장 역겨운 괴물은, 내가 아니었어."